물고기들의 기적

물고기들의 기적

박희수 시집

창비

차 례

제1부

죽음의 집 1

> 친구들이여! 우리가 아무리 괴롭더라도 운명의 날이
> 오기 전에는 아직 하데스의 집으로 내려가지 않을 것이오.
> 그러니 자, 그대들은 날랜 배 안에 먹을 것과 마실 것이 있는 한
> 허기에 시달리지 않게 먹는 일을 생각하도록 하시오.
> ── 호메로스 『오뒷세이아』, 10권 174~177행

> 길이 어디로 이끄는지를 잊고 있는 사람을 또한 기억하라.
> ── 헤라클레이토스, DK22B17

일기

철호(轍浩)는 어릴 적 내 친구였고 중학교 2학년 때 차에
치여 죽었다. 고등학교를 거쳐 대학교, 대학교에 가도 삶은
달라지지 않았다. 유달리 꽃이 많이 지던 그해 가을 바닥에
뒹구는 폐지에 냉소를 보내자 폐지도 내게 냉소를 환하게
기울였다. 바늘땀이 아무 데로나 걸어가는 그해, 가을, 시도
때도 없이 땀을 흘렸다. 바닥, 움켜쥠, 환한 양버즘나무의
얼굴. 검열받는 나날은 자기 자신이 아닌 것들에게만 충실

한 시간, 그날밤 학교의 연못을 내려다보며 검은 기름을 생각했다. 그때 철호를 만났다. 우리는 처음엔 어색한 얼굴로 서로를 바라봤지만, 곧 웃으며 포옹했다. 바닥, 움켜쥐고, 병든 양버즘나무의 얼굴. 철호는 내가 많이 변했지만 아무것도 변하지 않았다고 말해주었다. 철호는 내가 가야 할 곳이 있다고 말했다.

비둘기

운(韻)을 맞춰볼까. 먼저 말한 건 철호였다. 좋아. 철호가 여름,으로 시작하자 나는 거름,을 말했다. 우리 둘은 찬란한 햇살 아래 썩어가는 동물의 냄새를 맡을 수 있었다. 철호가 구름,이라 말하자 나는 주름,이라 답했고 맑은 하늘에 파상운(波狀雲)이 몰려왔다. 철호가 죽음, 내가 묵음(黙音) ── 그 순간 입이 딱 달리 붙어 열리지 않았다. 하늘이 새카만 철판으로 변했다. 철호가 땀을 흘리며 웃었다.

줄기

그의 가족은 승용차에 타고 있었고 중앙선을 넘어 트럭이 덮쳤다. 의식을 차리자 그의 아버지와 어머니는 중환자실에 누워 있었다. 아들이 뇌사(腦死) 상태라는 말에 잠시 용도를 고민해야 했다.

그때 나는 물잔에 물을 따르며 중학생의 삶이란 무엇일까, 어떻게 해야 자위할 때 더 쾌감을 얻을 수 있을까, 따위를 골똘히 생각하고 있었다.

전화를 걸면 안녕하세요? 여자 목소리가 들리고 그걸 어떻게 꽃잎이나 환한 정원(庭園)에 비교할 수 있어, 꽃을 녹음할 수 있는 것도 아닌데. 꽃의 재생(再生)을 생각하며 꽃대와 꽃받침은 공중에서 허무한 문양을 지웠다.

꿈에 온몸에 비누를 칠한 전봇대가 나와 부글거리며 두 눈에서 거품을 흘리고 있었다.

나는 이상하게도 그걸 친구가 흘린 피로 생각했다.

열기

많이 외로웠겠구나
이곳은 너무 더워
하지만 고요해, 불화(佛畵) 속처럼
황금빛 강은 흐르며
네가 누구였는지 자꾸 질문하게 하지
자꾸, 자꾸
그렇게 하면 꼭 그런 생각이 드는데
정답이 원래 있던 것 같다는

많이 아팠겠구나
이곳은 지독하게 더워
하지만 말이 없어, 흑백화(黑白畵) 속처럼
사람들은 섬거나 흰 얼굴을 지녔고
네가 누구인지 자꾸 궁금하게 했지
자꾸, 자꾸
적어도 내가 누구였을 수는 있겠지만

누구일 수는 없지
이곳을 열어젖힌 그 순간부터는

이게 끝이야

별기(別記)

하늘을 나는
흰 비둘기 생각
찢기는 구름의 솜털과
기름보다 어두운 밤
여름 햇살

단단한 책받침
서로 구부리고 놀던
유년의 기억
코팅 위로 빛나던
형광등 빛

물속에서 울리는
북소리
북 속에서 찰랑거리는
지하(地下)의 눈물

떠나보냈지
모든 것이 사라지는
사라짐도 사라지는
그곳 흰 섬으로
청명한 날
바다 끝이 보이는 낙원(樂園)
사람 없는 무인도로

축하드립니다 당신의 깨어남을
축하드립니다 당신의 깨어짐을
축하, 당신이 더이상
당신이 아니게 된 그날을

경하드립니다
삼가 받들어 올립니다

파도를 보고 울었지

수면실

소멸(消滅)이라는 단어가 지닌 흰 어감. 엎지른 소금 그릇처럼 가루눈이 쏟아지고 나는 뼈마디 사이에서 새어나오는 반쯤 녹은 연골의 진한 눈물, 잡히지 않아서 깨끗하게 지워졌어. 그러면 누가 그들을 다시 살린다는 건데, 왜 나는 여기 잡혀 있는데. ……가 없다는 사실을 깨달았다. 모르지만 모른다는 건 모르는 기억의 모퉁이들이 지워지는 일들. 저녁이라는 단어로 묶자 ─그럼 누가 그들을 다시 풀어준다는 건데. 눈물 속에서 부옇게 떠오르는 거리들, 그날 저녁은 상(像)이 맺히는 처(處)였다.

뿐만 아니라 없었다는 사실도 어렴풋하게 이해한다. 그래서 나는 손에 흰 모래를 담고 주먹을 꽉 쥐었다. 바다의

14

푸른 혀가 백사장을 핥고 달아나는 것을 보면서 내가 지금 어디를 향해 저렇게 입을 벌리고 있을까, 죽은 그들의 벌어진 입을 생각했다. 눈먼 갈매기들이 하늘에다 모래를 파내며 손가락으로 글씨를 썼다.

현실

길은 하강(下降)한다.

밤하늘

1
두송이 꽃 꺾어들고 가던 오후
한쪽 손이 다른 쪽보다 무거워지거나 가벼워지거나
뒤뚱거리며 균형을 잡았고, 새들은
어두운 저녁을 향하여 날아갔다
외줄 타듯 걸어갔던 철길이
소실점에서 영롱하게 반짝였던 날
자꾸 균형을 잃었다

대야에 물을 붓자 바닥에
고인 어둠은 찰랑거렸다, 부르르
희미하게 떠는 물결의 소름
자기 위에 떨어진 잎사귀를
물은 자꾸 밀어냈다
섞일 수 없다는 듯이

2
혼합물인 나의 피를 한줌

16

움켜쥐고, 공중에 내밀어
흩뿌리는 바람이 만드는
우연한 형상을 본다, 이국의 흐름으로 흔들리는
이 불순한 피, 서로 다른 두개의 파장으로
혼란스러워하지만
내 손끝이 유달리 떨리는 이유는 무엇일까?

물을 찾는 새들이 샘을 향해 날아가고
차들이 도로변의 주유소에
정박해 있다
물도 기름도 아닌 나의 표정은
점점 어둠에 가까워져가고

3
아버지의 유품 중에서
이 동물이 가장 훌륭해, 고양이도
양도 아니야. 날카로운 이빨 사이로
우유를 쭉쭉 마시고

북슬북슬한 양털 속에서
떨면서 불안해하지

공터의 아이들이 시비를 걸었고
덤볐다, 발길질 앞에서 쓰러졌다
멀리 떨어진 곳에서 축구시합 훔쳐보는
트기 소년의 쓸쓸한 눈빛

4
그림자 속으로 그림자가
파고들며 킥킥거렸다
서로의 품속에서 따스해지는 곳
덩굴들이 뒤얽히고
물고기들 함께 뛰노는 곳
가자 그곳으로
까만 밤과 하얀 별
새카맣게 빛나는 곳──

첫째날 밤
별들이 서로 다른 피의 정액이 되어 밤하늘이 태어났다

둘째날 밤의 꿈
세계는 별들이 바라보는 시선을 엮은 꽃다발이었고,

셋째날 꿈속에선
차가운 바람이 은하수 위로 불자
성좌의 동물들이 첨벙첨벙 뒤섞였다
곰, 전갈, 날갯짓 치는 백조들

천하루날 밤, 꿈들의 막이 터져
밤하늘들이 뒤섞였다
소란스레 폭죽 터지고
물살이 별들을 쓸어갔다
어둠과 빛이 뒤섞인
그늘진 아이
쪽으로, 양도 고양이도 아닌 동물 하나 걸어와

조용히 살을 섞었다

혀와 혀가 만나는 곳

5
두송이 꽃이 하나의 그림자가 되는 곳

탈주병

아버지는 나와 동생 둘 중
한명은 돌아갈 수 없다고 했다

동생은 류트
나는 기나긴 직선의 철도
기차는 봄바람에
부드럽게 풀려 달려가고
음은 스타카토
풀의 생장
꽃씨의 매달림
매달렸다 떨어지는 땀
동생의 손가락

동생은 여기서부터는 자신의 영토라고 말하고
나의 국적을 박탈했다

아버지는 힘센 구름
산 아래의 물

아버지가 흘러 모이면
탁한 연못
연못 속의 물고기들
사람의 얼굴
낙엽의 영상을
씹어 먹고

나는 두개의 쌍곡선으로부터 벗어나
세번째 축으로 움직였다

밤은 기나긴
직선의 철도
노래 부르는 새들이여
노래 부르는 갈잎이여
노래 부르는 부름이여
노래 부르는 팔
새하얀 얼굴이여

감나무 잎

삼면화(三面畵)

……그때 우리는 그 교회에서 어떤 그림을 봤다. 그림에는 아버지와 아들과 어머니가 그려져 있었는데 이상하게도 아버지와 아들의 얼굴이 정확히 같은 모습이었다. 그래서 부자지간이라기보단, 오히려 한 인간의 크고 작은 변이형을 보는 기분이 들었다. 어머니의 얼굴은 잘 보이지 않았는데, 그 위를 채우고 있는 흰 물감의 불투명한 광채가 그 얼굴을 온통 훼손하고 있었기 때문이었다.

— 로버트 히어리나스포스 『결혼식의 죽음』

병든 사람들에게

병과 함께 가는

사람들에게

＊병력 편성

결심점―우군 중요 첩보―저지선―연대 초월 지점―교전 수칙―디셉션 플랜(Deception Plan)―의명(依命)―제병 연합―장차 작전

결심점

두 눈을 감고 눈을 떴다.

환한 빛이 보였고 그건 기만이었다.

첫번째 시험을 이겨내자 어둠이 몰려왔고

혈관 속이 데워지기 시작했다.

우군 중요 첩보

3일 낮 12시경 안성에서 남쪽 15km 근방 국도 위로 검은 승합차가 달려갔다.

이진석(26세, 무직)은 거기 타고 있었고 매시간 조금씩 더 위험한 존재로 변해가고 있었다.

목적지에 차가 도착하자 기다리던 사람들이 차 문을 열었고

검은 석탄가루가 붉은 내장처럼 차에서 쏟아지기 시작했다.

저지선

파도를 보고 울었다.
모래가 맑은 물 속에서 흩어졌고
그때마다 조금씩 더 고통스러웠다.

어디선가 막힌다면
그제야 내 이름을 말할 수 있을 텐데.

꿈을 적어놓고 군홧발로 밟으며
내가 나를 조금씩

괴롭히고 있었다.

겨울은 불구의 이름이었고
얼린 피 나뭇가지 끝 가득히 차오르는
달밤을 맞이하고 싶었다.

연대 초월 지점

바람의 병력(病歷), 텅 빈 골목길에서 어두운 내가 가벼운 나를 앞서나갔다. 손에 잡히는 게 없어서 닥치는 대로 붙잡히는 모든 것을 어둠이라고 불렀다. 사과나무에 사과가 열리듯 검은 하늘에 흰 달이 떴고 그건 쥐씨(氏) 일가가 오늘 모두 죽었다는 뜻이었다. 태양이 저물며 산등성이에 알을 하나씩 남겨두고 사라졌고 거기서 별들이 깨어났다. 어린 쥐들이 높은 곳에서 반짝이는 눈동자로 나를 바라봤다.

교전 수칙

그림자가 나를 병들게 했다
그러니 그림자가 나를 덮어주리라

물이 나를 병들게 했다
그러니 물이 나를 적셔주리라

비어 있는 모든 물잔을 바라봤고
물잔은 신기하게도 모두 속이 비어 있었다

시간이 나를 늙고 지치게 했다
그러니 시간은 나를 그냥
내버려두리라

디셉션 플랜Deception Plan

고아원의 아이들은 즐거운 얼굴로 거짓말을 하거나 즐거

운 얼굴이라는 거짓말을 한다. 어린애들을 길들이던 나무 막대기는 칠판 옆의 옷걸이에 걸려 따뜻한 햇살 속에서 길이 든다. 아름다운 아카시아나무 밑의 향기, 현기증을 앓으며 봄이 몇번 피를 쏟았고 담벼락 뒤편의 신음 소리가 모두 들리지 않는 고요한 오전이었다. 산부인과 가는 길, 순이는 봉고차 뒷좌석에서 어린 손을 자꾸 만지작거리며 국도 변의 황량한 풍경을 마음속에 끌칼로 새겼다.

의명(依命)

날이 흐려졌다
청동을 두드려 만든 하늘은
서서히 녹이 슬고
피가 강에 섞여 떠내려온다

꿈과 기억
팔다리가 잘린 채
떠내려온다

······밤하늘의 별빛은
유연한 기총소사(機銃掃射)
은하수 위로 흘러가는
흰 뼈의 구름

이슬이 뚝뚝 흘리는 꿈
반짝거리며 아무 데로나
주사위의 눈에 눈을 맞추며
피 흐르듯 다가오는 아침

자기를 잡아먹고
피 묻힌 입으로 웃자
웃자, 피를 마시며
자기 살점을 묻힌 입술로

길을 보며 울었다

제병 연합

옻 묶듯
손가락을 모으고
허공에 던졌다

차가운 성좌(星座),
손톱들이 부서지며
흩어져내렸다

우리는 공수(神語)를 받았다

그리고, 장차 작전

꾸밈없이 웃었다
맑은 물은
핏줄 속을 가득히 채우며 찰랑거렸다

두 눈을 뜨고
눈을 감았다

환한 빛이 보였고 이번에도 기만이었지만
조금 더 머무르기로 했다

거대한 어둠이 몰려왔고 그건 거의
눈부신 광선처럼 보였다

두번째 시험을 이겨내자 어떤 목소리가
높고 단단한 목소리로
크게 웃기 시작했다

다시 한번 빛이 왔다.

검은 낚시꾼

— 소곡집(小曲集)

물속에 낚싯대를 드리우고
우리는 추측했다
아가미의 빛깔을
긴장이 오는 순간을

재고 있었던 게
아가미도 시각도 아니라
물의 규모라는 것도 모르며

오라
폐를 짓누르는 물이여

가서
빠지리라

강에 가서 죽는 자
Schattenfischer
우리의 꽃다발과 영예를 위하여

— 다섯편의 노래와 한편의 의례 —

1. 백수광부의 노래

허우적거리는 그대여 가지 마오 밑밥이 되는 자 그는 흩
날리리라

　자다가 K형의 전화를 받자 그는 당장 자기에게 와달라고
했다
　내가 잠과 일과 상식을 들어 그를 거절하자 그는 해와 달
과 별을 들어 내게 반박했다
　너는 아직도 해가 새카맣게 타버리고
　반사면의 달도 따라서 새카맣게 타버리고
　별들만 미친 눈동자로 밤을 조명함을 모르니
　나는 그가 미쳤다고 생각했지만
　손은 차 키를 잡았고 팔은 점퍼를 걸쳤고
　발은 구두를 신었고 눈은 어둠을 입었다
　검은 불에 타오르듯
　새로운 질감에 휩싸이던
　불 꺼진 거실

언젠가
낚시하러 가리라

가서,
빠지리라

2. 우(禹)의 노래
제방을 놓는 그대여 잊지 말라 낚대가 되는 자 그는 짓밟
히리라

영동고속도로는 발광하는 갑충들로 가득 차
어릴 적 여름날에 바라본 피 흘리는 나무처럼 보였다
찌르르찌르르 소리가 들리고
나는 달콤한 수박바나 쇠스랑에 찍힌 상처를 자꾸 생각
했다
여자의 다리 사이
여자의 다리 사이가 내게 속삭이는 듯한 환영을
라디오의 방해전파가 자꾸 줬다

나는 붉은 입 속으로 붉은 포도주를 밀어넣고 붉은 포도
주를 꿰뚫고

붉은 장대가 치솟다가 붉은 파도로 변하는 광경을 상상
했다

그러자 마음에 안도감이 왔고

속초항 쪽으로 우회전했다

이 촉감은

낯설지 않네

호수에 드리우나

사실은 목에

3. 굴원의 노래

세속을 혐오하는 그대여 씻지 마오 미끼가 되는 자 그는
찢겨지리라

이 근방 낚시터에 있다고 했는데 K형은 보이지 않고

K형이 피다 만 것 같은 개똥벌레들이 불 밝힌 시선으로 늘어서

캐치라이트와 불꽃과 별과 갈대꽃을 구별하지 못하며

허위적허위적 시선은 진창부터 늪 저편을 훑으며

K형은 어디선가 숨을 죽이고 웃는 걸까 웃는 K형의 얼굴을

피가 날 때까지 뭉개는 상상을 지우며 살리며 지우며 살리며

나는 어두운 물 쪽으로 자꾸 다가갔다

누군가가 나를 혐오하는 것 같은 기분을 받았다

생각해보면

나는 내 일을 늘 싫어했다

K형은 없었다, K형의 모자가

빈 낚시의자 위에 놓여 있을 뿐

장총들처럼 늘어선 낚싯대를 보자 나는 곧장

내가 해야 할 일을 이해했다

창랑의 물 맑으면
내 갓끈을 씻고

창랑의 물 탁하면
내 폐를

4. 돼지들의 노래
길이 되는 자들아

처음엔 참을 수 없다고 생각했다
더러운 수초 너머로 치솟는 물거품들
하늘에는 달도 없고 전등도 없고
목욕탕 물때처럼 희끄무레한 별들뿐

초점 잃은 내 눈 위로 달이 뜨면

그제야 돌아올 생기
반사경(反射鏡) 위 희미한 빛

우리는 살을 처먹고
뼈를 발라냅니다

우리의 입김엔
썩는 향기 가득합니다

5. 양의 노래
희생이여

음악을 늘 좋아했지

집에는 매일 구더기가 많았다. 비에 젖어 아버지가 돌아
온 날 그가 가져온 녹슨 깡통을 따서 함께 식사를 했다. 앉
은 자리에 천천히 퍼지는 검은 연못. 그는 신호등의 붉은
눈을 정면으로 바라봤다고 말했다. 순간 멎는 화면. 어머니

가 배를 움켜쥐고 화장실로 뛰어갔다. 고개 숙인 아버지의
얼굴은 밤의 석탄처럼 붉었다. 천천히 입술을 여는 티비

　　퍼지는 비둘기들의 합창——

　　음악밖에 없었지

6. 정화의례 Katharmoi

　　아으 아이 아으 아이
　　그가 가버렸네
　　검은 낚시꾼
　　드디어 그림자 물고기를 낚아 올렸네*

　　아이 아으 아이 아으
　　물속에 잠긴 몸이
　　물 밖의 몸 되려면
　　어떤 아가미를

무슨 부레 지느러미를 붙여줘야 하는가

아으
낡았구나
제가 저를
낡아버렸구나

아으 아이 아으 아이
그는 가버렸네
검은 물 속으로
검은 발자국을 남기며

아으 아이 허 아으 아아

* 첼란.

아이들

날 밝은 날
거리에 나와 보는 햇살은 눈부시다
조금씩 사라지는 할머니들이
집 앞 문턱에 걸터앉아 함께 바라보고 있다
하얗게 스며든
주름 속 먼지

숨바꼭질하듯
복잡한 거리로 차와 차
배달 음식을 실은 오토바이들 바삐
거미줄 위 이슬처럼 달린다
달려간다 아저씨들이 부순 돌가루
공사장 주변으로 옅게 피어오르는
시끄러운 거리의 활기
공중은 빛으로 제기를 찬다

돌가루 피어오르고
제기를 차고

제기는 해의 길
천천히 떨어지는 포물선

돌가루 피어오르고
제기를 차고

바닥에 내팽개쳐져
머리숱을 온통 드러낸

돌가루 피어오르고
제기를 차고

떨어지면
온통 어두워지는데

날 밝은 날
거리에 나와 보는 햇살은 눈부시다

할머니들이 완전히 사라졌고
빈 얼굴로 집 앞 문턱이 하늘을 내어다본다
하얗게 스며든
잔금 속 먼지

하교길의 아이들이
즐겁게 노래를 부르며
빈 길가를 걸어갔다

달리기

1
어서 오세요, 이리 오세요, 뛰어오세요
깔깔거리는 꽃의 덩굴들이
이리저리 뒤얽혀 있는
흔들리는 들판으로 달려오세요

무서워 마세요, 움츠러들지 마세요
눈꺼풀로 눈을 감싸듯
숨 가쁜 호흡에 안겨
달려가세요

당신의 땀은 꽃씨들처럼
사방으로 사방은 당신의 땀처럼
꽃씨들로 꽃씨들은 당신처럼
숨 가쁘게 숨은 당신이 타고 가는
자동차, 자동차는 당신이 내쉬는
숨 빛의 그림자와 빛의 실선
서로를 따라잡으려

45

부단히 뛰어가는 두 쌍둥이
한 호흡

달려가세요
달려가세요

2
우리들의 달리기, 한심하기 짝이 없는 것
초등학교 시절 육상부 선생에게 맞으며
50m 서킷에서 배운 갔던 대로 다시 돌아오는 법
내 발은 어디로도 가지 못하고
(육상부는 결국 그만뒀고)
나이가 들어 쏟아지는 발걸음들,
지하철 속으로
(그리고 지하철 바깥으로,
회사의 계단으로,
수위에게 사정하러
어질러진 책상과

물건을 집어던지는 부장과
쓰게 삭였던 굴욕의 기억으로)
멈출 수 없는 수렁 속으로──
얼마나 많은 사람들이
눈처럼 거리 위를 방황하는지
떠돌고, 잃고, 다시 떠돌며
구두 뒤축은 얼마나 닳아갔는지
짧게 깎인 연필심처럼
수그러든 눈빛, 그의 눈 속에서 본다
──약과 함께 달리는 길
두 눈은 전방을 부단히
두 귀는 전화에 집중
끝없이 변명하는
그런 달리기

사람들은
죽은 개를 보고
웃을 수 있지

3
여보 소영이를 부탁하오

엄마
아빠는 왜 저기에 있어?
모빌 장난감처럼?

4
강은 죽기 위해 흐른다
비가 하염없이 떨어지고
하수구로 몰려가는
눈먼 물의 무리를 본다
구멍 속으로
어둡게 툭, 툭

고단한 몸, 더러운 작업복
승객들은 힐끗거리거나

근처로 다가가지 않았고
어쨌거나 김씨와 최씨에겐
잘된 일, 함마질로 지친 몸
편하게 퍼져 앉아
지나가는 지하철 역들을 바라보았다
그래도 형님은, 최씨의 말, 아직
희망이 있죠 기술도 있으시고
별거 아니지 별거 아니야
요새 일당이 내려서 큰일이에요
이것 말고 다른 걸 찾아봐야
하는데, 다른 걸 찾아봐야 하는데
흰 살결의 승객들 중 그들 둘만이
검은 얼굴이었다, 오랜 노동으로
찌그러진 입을 펴며 김씨가 대답했다
뭐든 쉬운 일이 있겠는가
한없이, 기차처럼
달리기만 하는 것이지
전생에 우리는 노비였을지 몰라

둘이 동시에 킥킥거렸다 그러게요
그래도 이렇게 형님처럼 같이
말벗할 사람도 있고, 저도 참 운이
좋은 놈입니다 허허 나 같은 게?
언젠가는 좋은 나라님이 계시는 세상에
태어나게 될지도 모르죠
그때 다시 뵙고 싶습니다
최씨가 중간에서 내렸고 김씨 혼자
열차 안에 남았다 김씨에게서 한칸
떨어져 젊은 여자가 앉았고
귀에 끼워진 눈부신 이어폰을 훔쳐보다가
주책스러워, 김씨는 다시 시선을 아래로
떨구었다

천출이 죄인 법이다, 조용한
속삭거림

5
누가 우리에게 끝없이
달리라는 형벌을 주었는가 누가
우리에게 끝없이 달리라는 형벌을
누가 우리에게 끝없이 달리라고
우리가 마침내 끝날 때까지

누가 어디로 달려가는가 누가
어디로 달려가는가 누가 어디로
달려, 가는가, 누가, 어디로

누가 이런 짐을 우리에게
무거운 짐을, 누가 우리에게 이렇게
가설된 계단 위로 시멘트 나르는
어린 소년의 뚝 뚝 떨어지는
땀방울

6[*]
우리들의 싸움의 모습은 초토작전이나
「건 힐의 혈투」 모양으로 활발하지도 않고 보기 좋은 것
도 아니다
그러나 우리들은 언제나 싸우고 있다
아침에도 낮에도 밤에도 밥을 먹을 때에도
거리를 걸을 때도 환담을 할 때도
장사를 할 때도 토목공사를 할 때도
여행을 할 때도 울 때도 웃을 때도
풋나물을 먹을 때도
시장에 가서 비린 생선 냄새를 맡을 때도
배가 부를 때도 목이 마를 때도
연애를 할 때도 졸음이 올 때도 꿈속에서도
깨어나서도 또 깨어나서도 또 깨어나서도……
수업을 할 때도 퇴근시에도
사이렌 소리에 시계를 맞출 때도 구두를 닦을 때도……
우리들의 싸움은 쉬지 않는다

하…… 그림자가 없다

7
강물이 거셀수록 둑이 두터운 법
짐승이 사나울수록 사슬이 굵은 법
묶는 힘으로 여기선 풀어야 해, 사촌 형이
매듭 묶는 법 가르쳐주며 내게 말했다
묶는 힘 묶는 힘 푸는 힘 푸는 힘
바닥까지 꾸욱 눌린
용수철의 탄성력

어느날 둑이 터지고
사슬을 파열시키며 야수가
뛰쳐나가고, 뛰쳐나가
멈출 수 없는 흐름이 되고
물이 집을 집어삼키고 불이
천지사방에 번질 때
수자원공사의 한자리하시는 분이나

외유 중이던 동물원 관장님은
깜짝 놀라시겠지

8
달리기는 우리 안에서 듣는 음악이다
달려갈수록 우리는 달리기가 되고
달리기라는 끈이 달리는 우리들을 하나로
묶어준다
포개져 쌓인 장작들이
모닥불 속에서 하나로 타오르듯이

오 달리는 강물이여
너는 포말인가, 노도인가, 파도치는 흐름인가?**

9
달려가세요
달려가세요
꽃이 깔깔거리고 웃는

넝쿨 뒤얽힌 들판으로
구름이 서로를 휘어감고
태양빛이 화살처럼 퍼지는
맑은 가을 하늘로

달려가세요
달려가세요
4월의 서울처럼 *4월의 서울처럼*
5월의 광주처럼
달려가세요
당신이 아니던 것들을
이제 그만 당신에게서
떨쳐버리고

달려가세요
달려가세요

미친 듯이, 제정신이 아닌 듯이

제정신이 아닌 듯이, 모든 제정신의

창살과 수갑을 뚫고

달려가세요

달려가세요

* 김수영 「하…… 그림자가 없다」.
** 예이츠 「Among School Children」에서 다음 구절을 참조.
 "O chestnut tree, great rooted blossomer, / Are you the leaf, the
 blossom or the bole?"

56

들뜬 꽃의 희생

지뢰처럼 핀 꽃밭을 따라
깔깔거리며 실개천이 흐르고
여실히, 하얀 복사꽃에 안겨
상한 열매가 맺히고 있네
패랭이꽃들의 유영, 마치
큰 나팔 불듯 설탕이 터지고
미끄러진 이슬이 땅에 닿기 전에
이미 촉촉해진 입

세상의 고통을 덜어주기 전에
네 것부터 덜었어야지

이리로 오세요, 손을 잡고
판단중지의 둥지 속으로
고치 안에 벌레가 뭉치려
하얗게 돋아난 거품들
사라진 당신으로 하늘이
무너지고 있어요, 땅은 흔들리고

나사를 조여야 대지모가
자궁을 단단하게 얻을 텐데

웃는 꽃을 유혹하기 전에
너부터 웃었어야지

물들의 가락을 따라갑시다
쏟아진 것은 이미 쏟아진 것
망친 농사를 탓하기는 우스운, 깨진
과일의 달콤한 향을 즐기며 우리
두 발을 과즙의 피로 흠뻑
적셔봅시다
버드나무처럼

머릿결을 풀어 헤치고
깨뜨린 것 없는 두 손으로
마치 바람처럼 나아갔다가 풀어지며
매듭 없는 실타래의 기적

가는 운명의 끝을 거칠게
끊어봅시다
폭풍 속의 버드나무처럼

불쌍한 어린아이, 요정들의 딸
클뤼타임네스트라의 직계

네 피를 맑게 하기 이전에
더러운 피를 남들에게 뿌렸어야지

기묘하게 힘찬 합창

물의 강간

들리나
레다 위에 올라탄
제우스의 신음이
쾌락에 젖어
흥얼거리는 그
목소리가

레다의 어린 아들이
숲 속 짐승들과 다같이
크게 따라 부르는 그
노랫가락이

별

이 헝클어진 피아노가
꽃밭을 모조리 다 망쳐놓았다

꽃봉오리 깨지고, 깨진 전구 바사지고
후덥지근한 구둣발에 짓밟혀
침 뱉이고 거품이 쌓이고
더럽디더러운 풍경에서
아름다운 목소리가 들린다

소나기의 탄환이 뚫어놓은
잎사귀 위 성흔(聖痕) 속으로

하얗게 번져나가는 정액 안개
홀린 듯한 목소리

비참하게 젖은 꽃들의 노래가 온다

잎맥도 줄기도
뿌리도 몸을 떨며 따라 부른다
땅을 뒤흔들며 따라 부른다

오세요 소란 속으로
터지는 물의 매혹 쪽으로
상처 입은 영광과
쓰러진 갈대들의 굳건함
망치가 내려치면 번개가 튀고
시든 구름들이 모조리 찢어지는 이
기적 같은 순간 속으로
다가오세요

우리의 더럽혀진 혈관이
눈부시게 빛나는 실명(失明)을
목도하세요

들끓는
물의 우발적 팽창을

울연(蔚然)

물 멎고
어린 계집애처럼 홀짝이는 엄마
살을 베인 칭얼거림 그 청량한 음성이
잎들 사이 햇살로 번졌다
힘겹게
저편으로 손 뻗는
가는 거미줄

천진난만히
짝짓기 흉내 내며 짐승들과 뛰노는
레다의 어린 아들

수정 녹은 물로 흘러내리는 그 찬란한 미소.

꽃의 슬픔

기쁨이 없다면 이 꽃들이 다 시들 텐데
그때는 또 무엇으로 뜰을 가꾸시겠어요?
불쌍한 글라디올러스, 제라늄과 안개꽃.

슬픔이 없다면 꽃들이 향기를 잃을 텐데
그때는 또 무엇으로 코를 즐겁게 하겠어요?
불쌍한 글라디올러스, 제라늄과 안개꽃.

아픈 아침
천천히 물처럼 스며드는
이 햇빛을 몸에 바르며

기쁨이 없다면 꽃들이 시들 텐데
그러면 누가 죽은 꽃들을 위해 흐느끼겠어요?
누가 머리에 화분을 얹고 찾아와
낮게 얼굴 숙이며 어두운 꽃잎들을 토하겠어요?

그리고 코가 듣는 노래는 어디로 가나요?

누가 받아줄 코도 없이 슬퍼할까요?
불쌍한 글라디올러스, 제라늄,

분수처럼 핀 안개꽃.

로드 Load

내가 음악,이라 말한다고 음악이 되지는 않고
내가 새,라 말한다고 새가 날아오지는 않는다
말이란 묘한 것
새라 말함을 들으며 새를 생각함은 무엇이고
음악이란 말 속에 음악이 있다는 믿음은 무엇인가
새 훨훨 새 훨훨 새 훨훨은 나는가
음악 마단조 음악 포르테 음악 마단조 하면 들리는가
오르내리는 활
오르는가
내리는가

무희, 하면 웃는가
무희, 하면 꽃이 많은가
무희는 기능적인 존재 몸을 움직임이 핵심이다
몸, 하면 그대의 몸은 말랑말랑 풀어지는가
　무희는 나팔 위의 꽃 물속에서 녹아내리는 국수 한파 속
의 불꽃
　무희의 발은 무엇을 지탱하고 무엇을 의미하는가

무희의 발이 떠오를 때

무희가 땅을 밀어내는가 땅이 무희를 밀어내는가

무희는 두 입술의 맞닿음으로부터 시작하여 둥근 모음의
울림을 전파시킨다

희,는 그다음에 온다

까무러치며 숨이 죽는 그 소리

단어와 단어 사이에 거울을 놓고

단어들이 서로를 가리키며 부단히 웃게 해주자

나/너

바람/양말

겨울/해

두쌍의 단어들이 나란히 늘어설 때

같은 쪽의 단어들은 동의어라는 환상을 지니도록 생각
하자

머리를 세탁물에 넣은 듯 축축해지며

나=바람=겨울 양말=너=해

햇살이 빨랫줄에 걸린 양말을 뚫고 너의 얼굴에 닿을 때

입에서 새어나오는 한숨을 미풍이라고 부르자
현실을 아무것도 바꾸지 않으며
너의 자세가 모든 걸 돌려놓기 위해서
혼자 있을 때
사물의 영상이 너에게 뛰어들게 하기 위하여
뛰어들어 너를 엉킨 국수처럼 만들 때
초점 없는 햇빛이 네 속에 육수처럼 스며들게 하기 위
하여

나는 이름을 지녔다
나를 부른다고 거기 갈 순 없다
나의 이름은 전화번호부에 오르고
심지어 내가 나를 이름으로 기억할 때도 있다
허나
이 순간은 낯설다
차가운 공기와 환한 빛이 뒤섞여
특이한 자세를 취하며 창문으로 쏟아지고 있다
이것을 부를 말이 필요하다

말은 곧 사라진다
허나
말은 죽어도 가슴의 감각은 남고
맞게 발음한다면 굳어진 진흙을 깨뜨리는 부드러운 물줄
기의 열쇠로
다시 돌아올 것이다

*   *   *

어둡고 뭉근한 맨드라미
운동장에서 자기 손을 씹어 먹는 소년
포탄을 파괴하는 까마귀

*   *   *

모두 돌아올 것이다.

제2부

아키텐, 유폐된 왕자

불안의 힘이 몸속의 피를 흐르게 하고
잠들었던 가슴을 깨어나게 한다

시간은 흐르지 않고
창밖엔 눈부신 바다

창살의 격자가 살결에 스며든다
모래에 스미는 파도처럼

텅 빈 방에
어디서 게 한두마리 기어가는
사그락거리는 소리

태양의 경첩이 열리고
죽은 붉은 노른자가
바다로 길게 이어진다

회로

돌아갈 수 없는 그 길은

지는 해를 따라 눈부신 섬광을 수면에 남기며

나의 가슴에

뾰족하게

주사위의 집

첫번째 길

타락에는 다종다양한 방식이 있고
세 페이지는 전혀 다른 양상의 동일한 쾌락을 일컫고 있
었다

그러므로
우리가 가야 할 곳은
다음과 같았다

별	성	벽	암흑
퇴적	길	병든 유채꽃	암흑
숲	하천	죽은 냄새	토사
길	길	길	길

성 안에서는 별들이 빛나고 있었고

등 뒤에서 토사가 유성우처럼 쏟아지고 있었다

멸망의 직전에

우리는 간략한 힌트를 잡아 스케치를 시도했다

칠흑	별	별	암흑
칠흑	별	별	암흑
칠흑	성좌	성좌	피
주위	피	죽은 여자	구멍

세번째 페이지를 펼치지 못하고 토악질을 했다

두번째 길

배가 움직이는 방식은

과일을 쪼개는 모습과 비슷했다

자기의 적대자를

수정란은 제 몸속에 슬어놓고 있었다

파도가 불어왔다

융통성 없는 흔들림이 해내를 지배했다

파도		파도	
	파도		파도
파도		파도	
	파도		시체

갓 눈을 깬 게들이

모래의 언어를 집게로 바닥에 떠놓고 있었다

겨울		창세기	
	뱀		/
	이삭	/	대식자
마침표	결손	융합	

어두운 구멍이 가슴속에 뚫리고 있었다

세번째 길

수정을 찾아
우리는 버려진 탑을 올라갔다
입구는 모호했지만
올라갈수록 모습은 버려진 폐건축 아파트와 흡사해졌다
복도 뒤의 인부를 경계하며 올라갔다

	뿌리
잎	
	가지
얼굴	
	줄기
낙엽	

아래부터 읽을 것

우리는 옥상에서 수정을 찾았다
그것은 근원의 다발에 둘러싸여
환한 빛을 내는 도중이었다

우리는 수(數)를 잃고 돌아갔다

왜

흙에서 태어나

흙을 집어삼키며

한방울의 해도 보태지 못하고

문드러진 눈과 상실한 귀

두 팔과 다리를 잃은 채

어두운 대지에 축축한 몸을 맞대어

몸부림치며 기는가

나비여, 봄은 아주 가까이

그대의 연한 색조 화장을 스쳐가고

따뜻한 차가 고인 그대의 방에

유자빛 햇살이 구획을 나누고

깨면 다시 번데기 속

종양이 종소리처럼 번져가는 목함

나비여

이목구비를 불태운

그날 이후

죽음의 집 2

여자와 남자가, 혈관에서 나오는 비너스의 씨들을 함께 섞을 때,
형태를 주는 힘은 적당한 비율을 유지할 경우
여러 다른 피로부터 모양을 잘 갖춘 육체들을 만들어낸다.
왜냐하면 만일 씨가 섞였을 때 그 힘들이 싸우고
그 섞인 육체 속에서 하나를 만들어내지 못하면, 그것들은
생겨나는 성(性)을 이중의 씨로 혹독하게 괴롭힐 것이기 때문이다.
―― 파르메니데스, DK28B18

그가 난도질된 채 사자들 사이로 내려간다면 치욕은 그대의 것이다.
―― 호메로스 『일리아스』, 18권 180행

유기

전화기 너머로 목소리가 끊어졌다. 부스 밖을 가득히 채우는 비가 건물의 신음 소리를 지웠다. 다세포로 분열하는 물, 이지러진 눈동자, 내부는 태실처럼 고요했다. 과육의 내부에서 과육의 밖으로 가는 길을 찾는 벌레처럼 수화기를 다시 들었다. 전화선이 떨었다. ……왜 나를 버려요. 유나는 내게 뭔가를 숨기고 있었다. 그건 유나라는 사람을 찾아가는 악(惡)의 시작. 내 흙 속의 검은 살에 심겼던 붉은 씨앗이 웃으며 싹이 텄다.

여려서 날카로운 잎.

주기

치죄자(治罪者) 구름이 맑게 흘렀다. 언덕 아래 토사물로 흘러내린 건물들은 반쯤 소화되기 이전에 누구였을까? 찌든 얼굴의 아버지들은 폐허에 앉아 대나무로 새 철골을 엮었다. 새들의 깃털이 떨어지고, 이마 위에는 처음 만난 가벼운 낙인, 빛을 가리는 고마움. 전화번호부를 쥐고 죽은 사람들이 신호등처럼 많았다. 다이얼을 감아주는 기분으로 그들의 눈꺼풀을 감겨주고 주변이 좀더 캄캄해져도 좋을 텐데, 들리지 않으리라 생각하며 중얼거렸다. 끊긴 구리선처럼 흉한 상처를 드러낸 나무 위 전서구들이 날아와 부드러운 평화의 노래를 불렀다.

(가사 검열)

도려내 드러낸 동공이여, 반창고여, 그렇게 몇소절 따라하다 지하의 검은 강이 찢어진 아스팔트 사이로 드러난 부분을 만났다. 허리 굽은 사람들이 지상의 가로등을 뽑아 거기 옮겨 심고 있었다. 손톱으로 다진 숱한 자국들. 과실(果實)이라고 부르는 강이었다.

싸라기

바닥은 은화를 녹인 듯 맑았다. 살이 들어가면 뼈를 비춰

보였다. 사공은 억눌린 외국인의 말투로 *동전은 신성한 것*
*이고 떨어지면 앞면 또는 뒷면*이라고 말했다. 탐욕스런 강
의 유방 속으로 우리도 삯을 던졌다. 젖빛이 흩어졌다. 운율
이 자글자글해지며 물결을 만들었고 검은 노파가 썩는 냄
새가 사방에서 진동했다. 죽은 여자에게선 죽은 월경이 흘
러나온다는 이야기를 수학 시간에 배운 적이 있다고 사공
에게 말을 하자 그는 코웃음 치며 모든 씨앗은 세척의 능력
을 지닌다고 응수했다. 배가 피안에 닿으며 브이 자 모양의
상처를 냈다.

호루라기

젓대를 불어라
없다면 운동장에 적합한 자를 불러라
세상은 변하므로
내가 너희에게 차라리 맞추리라

흰 뼈 속에서 사는 그를

어두운 표면으로 다시 불러내라
체육복 바지를 입은
그가 황혼에 이르도록 기합을 받도록
젓대 비슷한 것을 불어라

동굴의 하늘을 쓸고 간 자의
끈적한 맥박을 넘어서
물수리처럼 덮치는 발톱을 향해
소리를 불어라
연한 새가 무너지는 소리를

캄캄한 달걀 안에서
겉을 찾는 병아리를 위하여
어미가 쪼아주는 줄탁(啐啄)처럼

너의 눈을 째고
새로운 장미를 보라
그 구멍을 비집고 나오는

흰 뱀의 사정(射精)을

곁

유나는 담배를 좋아했다. 흰 살결에 흰 티셔츠를 입고 베란다에 기대어 담배를 폈다. 젖꼭지가 타들어간 끝처럼 새까맸다.

유나는 한번은 자기에게서 나온 것이 늘 자기에게 다 돌아가지는 않았다고 조용히 말해준 적이 있었다.

유나는 베란다 아래를 내려보았다. 유나의 털은 부드러웠다. 돌아올 것이 오지 않을 때 받은메세지함은 보낸메세지함을 압도했다.

유나는 적재창고에 쌓여 있었다. 인부들이 스티로폼 상자를 치우다 발견했다. 유나는 그건 내가 아냐,라고 조용히 귓가에서 속삭여주었다.

별

넘어진 자들 사이로 뿌리를 내리고
새장의 뼈대를 형성하며 가지를 얽는다
그 줄기는 햇무리와 바다 사이를 잇고
껍질 속으로 식은 용암이 흘러간다
예(羿)의 활에 쏘이기 전까지 열마리
크나큰 양(陽)이 그 새집에서 살았다
그들의 불타는 깃털은 재에서 왔고
아직도 사람들은 물에 가루를 뿌린다
하늘의 빛깔을 유지하려고
사람을 짓밟는 나무를 위해서

그에게 이끼가 끼고 녹처럼 번질 때
갈비뼈 가지가 부식되어 틈이 생길 때
활이 뚫고 간 아홉은 부러졌고
그러나 하나는 아홉을 잊지 못하여
생각 속에서 용암을 빨아올리고

혈류의 고갈 쪽으로 다가서는데
이명(耳鳴)이 근원으로 실뿌리를 뻗을 때
손으로 벌레를 쫓지 못한 자 복되다
죽은 아이의 인력이
태실의 정화를 다시 이루려고 하므로

걸어가라, 수모 입은 자여
걸어가라, 체로 건져낸 주(株)여
너의 몸에 뿌리박은 그가
새로운 바다를 찾아 불어나고 있다

저녁

강은 붉게 깨지는 해를 밀어냈다.

화륜(火輪)

밤의 나무

어두운 잎사귀를 나방처럼 펼치고
나무는 별빛을 빨아 먹고 있었지
기갈 들린 여자
강한 손아귀 힘으로 하늘을 움키며

그리고 벌레처럼 축축한 꽃들
꼬물거리는 흰 살을 펼치며
메마른 밤의
갈라 터진 흰 실밥들을 가리기 시작했지

호출부호

내가 걷는 거리는 내가 달려가는 거리다
내가 박아넣는 거리다 내가 다치는 거리다
나는 달려가며 나를 넘어가고
나를 넘어가며 나를 망가뜨리고 헝큰다

골인 지점에서 나는 없다
다만 두엄더미 속으로 처박히는 불타는 수레

오월의 흡연

나른한 표정으로, 물에 녹은 미소로
그녀가 천천히 허벅다리를 쓰다듬는다
정원은 어둡다, 황금빛 피부에
서서히 뜨거운 숨결이 파고들기 시작하고
그녀의 폐가 재투성이가 되어가는 동안
그들은 새의 울음소리도 듣지 못하며
사랑을 나눴다

눈먼 계절

새들이 뛰놀고 잡어들이 활발하다
물이 쏟아지는 폭포 주변으로
안개에 취한 기러기들이 쏟아진다

바닥은 흥건한 피 흥건한 잔치
부리 달린 노래 부르는 종족이
비늘 덮인 노래 부르지 못하는 종족을
하나씩 낚아채며 지르는 기쁨의 탄성

이 몸이
저 몸으로 건너가는 법열의 순간을
전혀 알아보지 못하며 폭포가 부서진다
튀기는 물보라에 검은 구멍이 뚫린다

예언

상한 입을 지나가는 것은 모두 조금씩 불을 닮으리라

전체성

나는 조각이고 그 극치다
——비젤

공장의 피스톤처럼 여기 왔다
무너지는 벽돌 쓰러지는 연통 넘어
무반주 피스톤처럼 여기에 왔다
쿵, 쾅, 쿵, 쾅
어쩌리, 악보는 새까맣고
새까만 악보는 탄가루로 가득한데
공장의 피스톤처럼 여기에 온다
청신경에 도는 유압

때늦은 도입

슬프네 나는 전체성을
전체성을 얻을 수 없네

바라본 꽃 다 가루 되고
물결은 깨져 가라앉는

그 전체성을 내가

전체성을 얻을 수가 없네

왜 잠망경은 잠수함을

부적절한 예찬

조개인 무량수전
껍질 열고 들어가니 닫집 환하다
진주처럼 빛나는 불상과
피 흘리며 광호를 바라보는 제불
지혜의 뱀처럼
향 연기가 요염하게 허리께를 맴도는데

여기에 모든 것이 있다

단 하나가 없다

여기에 그 모든 것이 있다

기쁘다

여기에 쇠말뚱이 없다

무관한 예화

벌들이 눈 뜬다. 노동을 위한 생성. 우윳빛 겹눈 위로 그림자가 지나갈 때 검은 날개는 체제를 지배했다. 꽃과 집 사이를 오가며 지나는 계절. 꿀에 전 작업복을 버리듯 일벌 두셋이 바닥에서 식는다. 개미들의 환영이 파도처럼 밀려오길 바랐지만 실상 가다 막히는 좁은 시냇물에 불과했다.

본격적인 시에 앞서서—메르카토르 도법

두 눈을 뽑아들고

거리에 선다

이제부터 굴러오는 모든 것은 길이 될 것이다

눈사태
난폭해지는 별의 회전

가까운 것은 더 크게, 작은 것은 더 멀게
평평한 거리를 둥글게 휘감으며

미완결

창문 밖의 사람들은 창문 안을 이해하지 못한다!

아버지는 시계를 고치는 사람이었다!

어제 주운 고무공을 오늘 개가 물고 갔다.

지면

이빨도 없는 얼굴을 하고 선 벽이 있다
벽 아래로 우리는 입을 다물고 지나갔다
기사에 우리는 새로운 음악대이며
시멘트탑이 구름에 부딪치는 소리라고 적혔는데
라 라 라 브레멘의 동물들
어젯밤에 닭벼슬을 꿈에서 보았지
회당 앞의 사제가 주차장을 닫아걸며
둥근 바퀴만이 기도한다는 표정을 지었다
회개해라
우리의 신발은 날카롭게 해져서
그대의 도형 안에는 들어갈 수가 없네
라 라 라 닭의 부리가 떨어지지 않는다면
여전히 우리는 웃지 못하는 앵무새

새의 시체를 파는 사람들이 좌판을 벌이고
우리는 리본을 달고 달구지 밑에서 열띤 토론을 벌였다
주로 누가 더 넓은 토지를 차지할 것인가에 대한
나름의 진정성 있는 슬픔

주먹을 내면 가위가 보가 나오면 보가 빠지는
그 우리들의 표현은 이가 맞지 않는데
라 라 라 페인트칠 된 흰 벽의 동물들
어젯밤에 입술을 꿈에서 보았지
양복을 입은 사람들이 이렇게 서울에 많을 줄이야
넥타이를 다들 드리운 목은 검은 피처럼
그 통로로 조화(弔花)를 대신한다는 듯이 말이야
흰 와이셔츠가 더 더러운 지면을 가려버리도록

내가 누구였는가
따위보다도 우리가 누구인가가 더 궁금한 때
모여드는 파리들

기왓장 앞에서 파도가 무너지고 솟아오르고
국화의 흰 꽃잎이 사방으로 화살을 쏘는 동안에
꽃을 먹을 줄 모르는 동물처럼 우리는 절을 하고 걸어갔다
향냄새가 최루탄처럼 자욱해지기 전에
소방수들이 달려와 물을 뿌리기 전에

96

라 라 라 사이렌의 침묵이여
붉은 자동차로 붉은 불꽃을 치우는 이이제이여
수레가 가득히 도성을 빠져나갔다
검은 옷의 행진
우리는 거친 목재를 죽 미는 대패 같은 눈길로
땅바닥에 얼굴을 숙인 채 길을 따랐다

컹컹 개 짖는 소리

양이 하나요
고양이가 둘,
돼지와 당나귀는 여섯.

사령가

아이들을 불러들여라.
가담한 아이들을, 파열된 내벽과 비린내에,
깨진 창문, 목 졸린 화단에,
불타는 새에 가담한 아이들을 불러들여라.
재투성이 동전의 흐릿한 눈
비껴 물린 부리의 오싹한 한기
개들을 불러라, 물어뜯는 개들을
끓는 유황 뒤 묶여 기다리던 개들을

봄을 증오하는 노래를 들여라.
냇가와 뿌리까지, 줄기와 나비까지
일체를 저주하던 곡조를 들여라.
내던져진 자, 추운 바닥의 고통이
맹렬하게 솟아오르며 부르던
꽃을 매도하는 노래를 들여라.
들려주어라, 물어뜯는 개들에게
끓는 유황 뒤 컹컹 짖는 개들에게

사람들은 우리가
죄를 지었다고 말했다
강에 가서 씻으라고 말했다
공장이 있고 폐수가 흐르는
강에 가서 씻으라고 말했다
그들의 말대로
물에 들어갔다 나온 뒤
세상은 붉고 보랏빛인 꽃들로 가득했고
건드리는 모든 것이
진득한 단물을 뿜어내기 시작했다

줄을 불러라.
당기는 손에게선 빳빳하던 줄, 기둥을 만나면
단단히 조여들며 감기던 줄을 불러라.
능욕했던 아이들을 데려와라.
증오의 노래를 가져와라.
갓 깬 벌레와 뱀들의 손톱과 이지러진 풀꽃과
모든 것이 들끓는 이 강철의 거울을

그것으로

한자리에 묶어주어라.

유화, 린시드와 테라핀유 냄새

자위 낙태 햇빛 해로부터 노즐 끈끈히

단단함 중첩 땅 위 아스팔트 빛나는

끊임없이 물 주는 사람 빛 검은 프릴

속죄 침묵 죄 국화 손수레 뼈

그리고 사람 없는 수도원
또각거리는 소리가 들리지 않았다
부드럽게 어두워지는 능선을 따라
수도원은 날개를 뻗듯 누워 있었다

그해 가을의 가장 좋은 수확을
사람이 만지지 못하는 접시에 두고
두 손을 모아 눈을 감았다
컴컴한 머릿속에 종루가 있는 것처럼

이곳에 버스는 하루에 두번
어느날은 딱 한번
기사는 지역 출신 오십대였고
그을린 얼굴은 위협적으로 보였다

순무는 땅에서 자라지 않는다
농무 일과에 비료를 뿌리다
땀이 흐른 얼굴을 닦는
천천히 늙은 수녀

종이 아래 떨어지는 게르만 알파벳 기식성 자음 모래

접힌 소리 페이지 해무(海霧) 땀 오르간 바늘 혀 불침번

복도

붉은 뭔가를 물고 걸어오는 개

그녀의 이름은 루아ㅠㅠㄱ 그녀는 거짓말하는 여자

그녀는 까마귀 깃털을 단 여자
그녀는 나무 밑으로 내려온다
그녀의 눈 속에는 밤의 별과 빛이 있고
까맣게 변한 바다가 있다

달빛이 흰 조명처럼 그녀를 비추고
그녀는 어두운 바다를 내려다보며
조용히 잘 들리게 읊조린다
안개 같은 쌉쌀하고 달콤한 뒷맛을 느끼며

「나는 루아
나는 루아가 아냐
나는 별
나는 빛
나는 바다
나는 엎질러진 흔적」

바닷속의 모든 해파리들이

빛을 발하며 그녀를 바라보는 것 같다
항구에 부는 바람까지도
펄럭이는 그녀의 옷깃을 위해 존재한다

「나는 루아

나는 루아가 아닌

나는 별

빛

흔적

조금도 물러서지 않는 뱃사공」

그녀는 숨을 고른다

사방이 캄캄하다

듣는 이가 없으리라는 것이

그녀를 몹시 괴롭힌다

그러나 그녀에겐

거울방에서의 훌륭한 추억이 있다

거울방에서는

자기를 봐주는 누군가가
늘 거울 속에 있었다

「나는 루아
나는 별
빛
눈부시게 빛나는
어두운 진주
너의 육체
너의 흥분
그리고 너의 갈증
너는 나를 위한 존재
너」

루아는 까마귀로 변해
멀리 산으로 날아간다
그녀는 어쩌면 거기서
수컷을 만날지도 모른다

나무 아래 샘가에 비친

제 얼굴을 향해 끝없이 짖는 수컷을

강변북로

강변북로가 얼핏 하늘을 가린
그늘진 이촌 한강공원을 걸었다
물은 은빛으로 흘러가고
고가도로의 처마 너머로 노을이 부서졌다

물속을 흘러가는 물고기의 호흡
수많은 전생들이 뒤섞이는 물결 속에서
내가 한때 한떨기 나무였고 새였고
노래 부르지 못하는 물의 종족이었다는
아주 오래전에 죽은 누군가의 생각

살결이 검은 아이들이
놀이기구 사이에서 어울려 논다
아이들은 원판을 돌린다
빙빙빙 돌아가는 원판은
하늘을 어둡게 만들었다가 다시 밝힌다

뜻 모르는 단어가 들려오고

아이의 외국인 아버지가
손을 잡고 아이를 데려간다
건너편에는 활발히 뛰는 강아지
차로에는 끝없이 먼지를 만드는
지나가는 차들의 사슬 같은 행렬

내 가슴에는
눈 감고 입을 다문 얼굴이 새겨져 있다
그는 내게 낯설어 괴로우나
그보다 내게 가까운 이는 없다
그가 침묵으로 굳어져 나를 망치기 전에
손을 뻗어 허공의 빛을 움켜쥐려 한다
광채가 열쇠로 변하는 순간에
그의 눈이 열리고 봉인된 빛이 터져나올 테니

그리고 그의 입이 열리며
노래 부르지 못하던 물의 종족이
이전에 보고 들었던 것들을

처음으로 들려줄 테니

수많은 소리를 쏟아내나
스스로는 어떤 소리도 들이지 않던
밀도 높은 습도의 음계를

완충장치

침대에 비닐을 몇겹 깔며
땀이 새어나오면 안된다고 엄마가 말해줄 때
감기는 시계추가 박힌 오렌지처럼
천천히 가슴속에서 돌아갔다

어두운 하늘 위로
일곱개의 구멍이 뚫린 심장이 다가왔다
자세히 보면 그건 일곱개의 문이 달린 집이었고
일곱개의 목이 달린 용이기도 하였다
용과 집 사이에서 심장은 흔들리면서
어두운 피를 들판에 뿌리고 있었다

나는 피를 얼굴에 바르고
골을 넣은 축구선수처럼 무릎으로 달려갔다
젖어선지 잔디밭 위였는데 쓰리지 않고
까마득한 벼랑까지 멎지 않고 갔다

잠에서 깨자

비닐이 다 녹아 있었다
물이 가득 찬 방에 웃는 까마귀가 자라나 있었다
까마귀의 목은 미역줄기 같아 보였다

나와 해바라기와 그네와 그림자

때때로 나는 내가 여전히 어렸으면
어린애가 되어 따뜻한 해바라기 밑에 있으면 어떨까 생
각해본다
그런 생각은 시간 속의 상상이라 여유롭다
그네가 벽에 오가는 그늘도 본다
어쩌면 오로지 그네를 보러 온 듯도 싶은데
앉아 타는 사람 없이도
혼자 미끄럽게 흔들리는 그네

내가 사는 정원에는 사람이 없다
해바라기는 시들지 않고

죽은 사람들과 나는 살아가는 걸까
그런 생각은 감춰진 것이라서 은밀하다
내가 이미 죽은 다음에는
그런 생각은 다소 행복하기도 하다

저 그네가 뭘 재는 걸까

그림자가 자꾸 묻는데
벽은 축축해지지 않는다
그런 이야기를 하는 사람들
보이지 않는 사람들

더 이야기해보자── 해바라기는 빨래집게의 형태
아침에는 벌어졌다가 저녁에는 움츠러든다
마치 하늘을 잡아서 펼치는 것같이
팽팽한 저녁의 진동에 그네가 떨리고
북소리처럼 떠오르는 구름

시멘트로 된 그 집
주변은 황량한 길과 흙의 들판뿐
나는 집에 들어가지 못하고
그네는 정면으로 보지 못하는
다만 그네의 그림자를 벽에서 바라보며
그래도 행복해하는 어린애

그네는 가끔 사슬을 너무 또렷이 드러내며
뼈를 생각하게 하기도 한다

친구를 기다리는 어린애
아이들의 수만큼 들판이 있고 집이 있고
해바라기 밭이 그네가 그네가 비칠 벽이 있는
그런 생각을 지닌 어린애

이슬 속의 어린애

흐린 날의 마술

비가 목도리를 적신다
그리고 새의 그림자를
그리고 그늘 속의 잔디를
비가 적신다 하얀 손으로
비가 적신다 어두운 손으로
비가 뿌리를 적신다
나무는 고개를 숙이고 물을 빨아올린다
잎사귀가 새들처럼 지저귀는 소리에도
비가 섞여든다
귓속에 비가 내린다

어두운 음보로 걷는다
머릿속에 어머니와
어머니의 정원을 담고 걷는다
햇살이 탁하게 번진 정원에서
어머니는 화초에 물을 줬다
정원의 햇살은 두 눈에 스며들어
회색조의 세상에 신비한 온기를 전해준다

고요한 자폐
어머니는 정원이 없었다
때 묻은 가구들
전능한 우울은
바라보는 모든 걸 휘게 하지
렌즈처럼

신이 세상을 처음 만들 때
황량한 바다를 만들고
그에 어울리는 소리를 나중에야 떠올렸듯이
눈앞의 젖은 풀이 던져주는 초록색 파도가
무슨 의미인지 모르고서
어머니는 여전히 화초에 물을 뿌린다
몸을 굽혀 잠시 안개꽃을 쓰다듬다가

이유 없이 꽃에 매혹될 무렵
구름이 걷히며 천천히 드러나는 해

거느린

결을 다치고 강에 왔다
물 위 흐트러진 흔적
배를 갈라 점을 치던
옛 영상을 휘젓고 가고
소나기처럼 갈대가 돋고
황금빛 잠자리들 날아가면
물고기들 하강한 곳 표면이
눈자위처럼 꺼지곤 하였다

저기는
탯줄을 자르는 배꼽이야
물고기의 배꼽
새의 배꼽

사주 짚던 손의 갈대꽃은
물이 어둡게 사라지는 쪽을 가리켰다

바람

마개 없이 내리는

울고 일어서자
물풀들이 놀랍게도 밝아졌지만

제3부

오프닝

꿈속에서 우리는
징병문서를 들고
나무가 많이 난 언덕으로 걸어가고 있었다
언덕을 넘어가면 성이 있고
성에는 영주가 있었다
영주는 지팡이를 휘둘러 우리를 축복하고
우리를 전쟁터로 보냈다 허나
꿈에서도
전쟁터까지는 도보로 며칠
창을 들고 열을 따라가며

세상을 다 모르고 죽는 일은
나름 멋지다고 생각했다

카드처럼 회전했다 까마귀가
창을 든 병사들 곁에서
빙글빙글

까마귀를 다 모르고 죽는 일도
나름 멋지다고 생각했다

물에 빠진 왕을 건지러

노란 우의를 입은 아이들이
돔형 경기장에 모였다
아이들이 든 흰 우산은
기사의 장창처럼 빛나고

빗방울을 튀기며
아이들은 경기장을 빠져나온다
흐린 허공에
죽은 해신의 입이 벌어진다
꽃치자처럼

바닷속에서
한 남자가 몸부림친다
셔츠 끝자락이 바위틈에 걸려
팽팽하게 당겨지고
물거품

아이들이 격랑을 내려다본다

우산 끝은 떨리다
하늘을 향해 들리고
일제히 펼쳐지고

소리를 지르는 아이들
수평선 너머에서
흰 말을 불러오려는 듯이

무언가 철썩이며 발굽을 찍으며
남자를 향하여 다가온다
남자는 물속에서 녹아버리려
혹은 기포로 변하려 하는데

갑자기 비가 그치며 일곱 광채가 물속으로 비친다

물의 기사단

날은 흐리고 건물들은 젖은 색연필처럼 번진다
스케치북을 꺼내들어 선을 그어가면
넓어지는 색채 속으로 비의 군마들이 진격해오곤 했다

우리는 모였어
왕을 구하러
그가 아파하니까
그의 목소리가
철조망에 구멍을 내고

기차는 흘러간다 강물 속으로
눈꺼풀이 벌어지면 무지개가 흘러가고
사람들은 깃발을 손목에 묶고 현관에서 나왔어
경비실을 지나 재활용품 수거장을 돌아
길거리로
마치 노래가 행진하는 모습을 보러 온 듯이

운동장의 웅덩이 속에서 고인 물과 비친 하늘이 서로 장

난을 친다
　결탁하는 두 평면
　그리고 흰빛의 음모(陰謀)들

　즐거운 방식으로
　흰 콘크리트 지지대로부터
　운동장의 마른 흙이 넘치지 못하게
　신발주머니를 지키기 위하여

　작고 꼬불거리는 획들이 젖은 대기와 싸우는 소리들
　공을 발로 뻥 차는 소리가 들린다
　철이 구부러져 만들어진 책상은
　칠판과의 자력 속에서
　더 커지거나 어두워지곤 한다

　너는 그 복도가 두렵지 않아?
　거기서 나와.
　마치 푸른 이끼가 번져가는 것처럼

실외를 향하는 해류처럼

가시가 난 낯선 철조망 너머로

거기서 나와,
날카로운 검을 들고서.
찌르면 피가 나는.

우리들은 깔깔 웃으며 서로를 찌르고
진흙 소상처럼 허물어지고

하늘의 찢어진 상처로부터 빛이 쏟아진다

땅이 마르고
바람이 불고
꽃이 선명해질 때

달궈진 기찻길과 젖은 풀꽃들 사이로 병력이 퇴각하는

사르락 소리가 들렸다

물 밖에서 물속으로 비쳐드는 햇살

물속에서 물 밖으로 불어나가는 바람

너의 목소리를 듣는다
너의 목소리
나의 목소리

어두운 물속을 건너 흰 손이 내게 닿는다

너는 이야기한다
일렁이는 해초와
이지러진 비늘로

흰 손이 내게 들어온다
나의 가슴속으로

나의 젖가슴을 뒤흔들며 너는 내게 녹아든다

나의 바다 속

너의 흰 손
나의 어둠

물의 소매가 엉키며 격렬한 거품
어둠 그것은 뜨거운 양탄자
너를 핥는 햇볕의 혀
뜨겁고 용솟음치는—

너를, 품은 채 밀려온 나를 바닷가의 사람들이 내려다보는

그들은 까슬까슬한 모래 같은 말씨를 쓴다

호랑이가 흔들린 섬

그래서 나는 집을 나가서
배를 타기로 했어
배는 하얗고
돛대는 날카로운 세모꼴이었으니까
그건 어디든
따뜻한 나라로 데려다줄 것 같았어
펭귄 파블로가
욕조를 타고 찾아간 섬처럼.

그 섬은
머릿속에 둥둥 떠 있었고
나는 안개를 만들어
그 섬의 열기가 빠져나가지 않게 했어
바깥은 차갑고
머릿속은 따뜻했으니까
펭귄 파블로가
욕조를 타고 찾아간 섬처럼.

섬 속에서
나는 나의 그림자들과 춤을 추었어
그림자들은 늘어나
나무를 만들기도 했고
흔들리는 수풀이 되기도 했고
황금빛
살랑거리는 호랑이가 되어
내 곁에 누워주기도 했어

호랑이에 안겨
잠을 자면서
나는 내가
어디론가 멀어진다고 생각했어
그러니
호랑이만이 내 전부다
호랑이 말고는
모든 게 가짜라고 생각했어
덜컹거리는 지하철 속에서,

끝없이 펼쳐진 학교 계단 위에서⋯⋯
나는 눈을 감았어

나는 눈을 떴어
세상은 흐릿해 보였지

다시 눈을 감았어
세상은 흐릿해 보였지

다시 눈을 떴어
세상은 흐릿해 보였지

안개 너머에서
나를 부르는 목소리가
아주 아득히 멀리서
저 멀리서
천천히
마치 입김처럼 작게

그러나 사라지지는 않으며
끊임없이……

뒤에서
나를 안아주는 호랑이의 품을
차마
떨칠 수가 없었어

호랑이를 배신하는 일 같았어

호랑이가 울 것 같았어

호랑이는 울지 않았어

내가 울었어

안개 너머에서
나를 부르는 목소리

아주 아득히 멀리서

저 멀리서

천천히

마치 입김처럼 작게

그러나 볼에 와 훅 끼치는

끊임없는……

그리고 나는 눈을 떠야 한다는 걸 알았어

게의 다리를 지닌 남자

게의 다리를 지닌 남자가 내게 걸어와
무음(無音)을 만난 사람들을 만나러 갈 시간이라
말해주었다

나는 가고 싶지 않다고 했다
그는 괜찮다고 말했다

그는 집게로 축축한 둔덕을 깊게 찌르면서

바닥에서 무지개의 실을 꺼냈다
그것은 연했고 게살처럼 축축했다

물방울 속으로 작은 무지개들이 계속 떨어지고 있었다

먼지 속에 먼지를 뿌리는 기분으로
거대한 놀이터가 사막 뒤로 사라질 때까지
모래를 뿌렸다

애들이 웃으면서 바닥에서 구멍을 파고 나왔다

모래가 눈이 되어 하늘에서 내리고
나는 차가운 숨을 쉬며 올해도 곡식이
잘 여물기를 기도했다

동굴에서 들려오는 소 우는 소리

나는 무서운 언덕을 더 많이 넘어야 함을
잊고 있었다

하느님은 갑을의 날에는 동쪽에서 청룡
을 죽이고……

　　……

죽이는 장소는 다섯곳이다

곤새는 썩어간다
곤어가 되어서

흰 구더기들, 보풀들,
억새가 흩날리는 날에
늪가에서 나는 썩은 냄새는
아름다웠는데

　　……

누구를 위하여 뱀이 몸을 늘이고
새가 지저귀는 걸까 이슬 위에서
울음소리 이슬처럼 내리고

비

뱀들은 동굴로 돌아간다
땅 밑에서 벌레들이 기어나온다
푸르고 어린 잎이 자라나고
땀에 젖은 망막처럼
숲 속이 따뜻해진다

누가 곤어를 죽였을까

움직이는 땅의 시작

물고기를 밴 말이 쓰러져 있다
은색 갈기가 땅 위에 펼쳐지고
무언가 둥근 하늘을 만들며 무지개가 휘어진 공간을 지
나간다

물이 떨어지는 태초의 시작 같았다
눈이 감기고 눈을 감기는 자도 잊은
수도꼭지들이 조용히 부푸는 순간 같았다
방에서 기도하던 소녀가
손을 열어보자 희미하게 나타나던 빛나는 글씨 같았다

말의 헐떡거리는 입김이
천천히 대지를 굴리고 하늘을 서쪽으로 흐르게 하고
구름도 운율로 가득 차
온몸인 발로 천천히 하늘을 밟고 가는데

무지개 아래서
건물들이 색채를 발하고 볼처럼 철길이 따스해질 때

뜨거운 물이 풀리고

죽은 도시에 바다가 펼쳐지며

검은 그림자처럼 물고기들이 눈부시게 쏟아졌다

그 광채에 흰 말이 사라지고 있었다

이야기들

「이야기를 들려줘.」

그애는 그렇게 말하며 내 곁에 앉아 내 눈을 바라봤다.

「너를 들려줘.」

나는 내가 깨져 있는 바다와 다섯개의 땅으로 이루어졌다고 생각했다.

「바다를 보여줘.」

그것은 깨진 유리 아래로 끊임없이 새어나가는 검은 액체였다. 파도는 더럽고 따뜻했다.

「그림을 그려봐.」

다섯개의 땅은 흔들리는 다리들로 연결되어 있었다. 사슬처럼 그리기가 어려웠다.

「누가 살고 있어?」

죄수들은 발에 족쇄를 찬 채로 천천히 걷고 있었다. 땅들을 순환하며. 그들은 탄화된 꽃을 밟으며 지나갔다.

(말해봐.)

꽃들은 삼월에 개화해서 사월이 오기 전에 졌다. 메마른 바람이 불어와 그것들을 말렸다. 해가 뜨면 꽃잎에 불이 붙어 흩어지고, 죽은 힘줄 같은 덩굴들이 남아서 이듬해에 다시 생기 없는 꽃을 피웠다.

(그런 생각 하지 마.)

성대 없는 죄수들은 목으로 독특한 소리를 내며 갔다. 그건 신음 같았지만 장송곡이나 사라지는 세상의 서곡 같기도 했다. 노래는 끊어졌다가 이어지기를 꾸준히 반복했다. 환부가 부었다가 가라앉는 주기처럼.

그애는 내 눈을 바라봤다.

내가 따라서 노래하자 그애는 웃었다.
촛농이 뚝뚝 떨어졌다.

흔들리며 불타는 집

흔들리며 불타는 하늘

물고기들의 기적

그늘 아래
우리는 나무 밑에 앉아
흐르는 개울물을 바라본다
물속에 떠오는 검은 씨들
들여다보면 지느러미가 있다

어디서 그것들이 왔을까

— 나무에서 온 걸까?

— 나무?

— 나무에서 씨앗이 떨어져 자란 게 아닐까?

— 씨앗에서 물고기가 돼?

그때는 물결이 빛났던 걸까
흘러가는 대기가 맑고

나무 아래로 사과처럼 물살이 반짝인다
검은 씨앗 같은 그들은 모여 흐르다
그림자가 비치면 화들짝 흩어진다

구름에서 왔을까?

나는 침대에서 깨어난다

공단이 풀어놓은 연기가 하늘을 가린다
새의 기침이 아침에 울리고
전차가 안개 속으로 들어와 안개 밖으로 사라진다
구두축과 우산들이 부딪치는 소리가 뒤섞일 때
나뭇가지가 시들고 열매는 어두워진다

<잡초가 자랐어.

풀들은 치어들의 텅 빈 눈에서 돋아나는 것 같았다

거대한 어미가 하구에 있었다
출구가 막힌 물은 주위를 맴돌며
죽은 살결을 씻었다

기름을 뿌리고 불을 지르는 인부들,
환한 불은 날아오르는 새처럼 보였고
어두운 밤은 그 새의 심장 속 같았다
그러나 그 몸은 좀처럼 타지 않았다

── 아, 흰 말의 발자국 소리가 귓가에 들려
한밤에 뒤척거리네……

<마을 사람들이 어쩔지 의논한다는데
<넌 왜 안 왔니?

하천의 물이 검어지고, 식수 역시 썩은 맛.

<넌,

<고작 하루 종일 방 안에 앉아
<아무것도 안하고 손 놓고 있겠다는 거냐?
<다 큰 녀석이?

삽날은 기름진 대지를 갈아내며
어머니에게 깊은 상처를 주고
우리를 위해 죽은 밀알에서
이삭이 패고 꽃이 피나니

몇대의 굴삭기가 왔다. 한번엔 못 들어내
몸을 몇개의 부분으로 잘라내야 했다

작업이 끝날 무렵 하늘을 맴도는
별들은 부서진 비늘 조각 같았고
물고기의 눈 같은 북극성이 빛날 때
밤하늘의 반대편엔 또하나의 별이 있겠다는 생각

─아, 흰 말의 숨소리가 귓가에 들려

이른 새벽에 몸부림치네……

환해진 문화의 거리를 걸었다
환부를 가르며 빛나는 바다
칼날이 사라지며
태연하게 봉합된 물

모든 걸 참을 수가 없었다.

〈야, 혼자서 너 어디 가?

기차가 덜컹인다
뒤로 달리는 건물들은 둔하게 사라지며
사람들을 삼키고 또 토한다

〈무사히 해결되어서 다행이에요.
〈마을이 훨씬 깨끗해졌네요.
〈새로 도로가 들어선대요.

철로는 산으로 파고든다
햇살이 쏟아지는 버드나무 잎사귀
바람은 투명한 손을 내밀어 나무의 앞섶을 어루만진다
나무는 몸을 열며 상처를 드러내고
거기에는 새로 차오르는 물과 움직이는 맥박이 있다

여름이 지나 잎사귀들은 물 위에 띄운 배 같으리,
흐르는 여울을 따라 낮은 곳으로 흘러갈 것이니
숨 쉬는 바다를 만나 푸른 살 속에 파묻혀
열매보다 더 깊게 심연으로 뻗어가리라

그때까지
너희의 심장이 뛴다면

─아, 흰 말의 헐떡임이 멎네……
교회의 종소리가 울려오네

물결을 흔들며 1

말〔馬〕이 낳은 물고기들은
토마토의 씨앗처럼 대지에 흩어지고
펼쳐진 별들을 따라 우리는 철길을 걸었다
두 꽃 사이를 형량하며
균형을 잡고 나아갈 때
굴뚝의 연기는 구름을 스쳐갔다
아이 하나가 소리쳤다: 여기서 물고기를 잡았어
더러워진 개천으로 내려가자
말발굽 모양의 편자가 거기서 헐떡이고 있었다
그것을 들어 태양에 비춰보니 몹시 빛났다
이걸 집에 가져갈 거야?
그럼 놓고 가?
누가 가져갈 거야?

주위를 보면 황무지가 있다
붉은 흙에서 봉선화가 자라난다
비닐이 찢긴 철조망 가시 위로
목이 잘린 구세주의 모습으로

먼지를 홀날리며

바람이 발굽을 가슴팍에 찍고 사라졌다

물결을 흔들며 2

창밖의 빨래와
장미 덩굴
바람에 흔들리고 있다

그대는 무엇을 느끼는가

햇살이 담벼락에 닿고
그림자의
끝부분이 조금 뜬다

그대는 무엇을 느끼는가

그대는 무엇을 입는가

그대는 무엇을 느끼는가

그대는 무엇을 지우는가

그대는 어디 있는가

꽃이 사라지고
아이들 소리가
이미 들리지 않는 골목에서

그대는 어디로 가는가

관념의 모험

강물은 흘러가 다시 돌아오지 않고
너는 네 스스로 江을 이뤄 흘러가야만 한다
———최승자 「20년 후에, 芝에게」

강동호

우리는 흔히 관념을 감각적 경험과 반대되는 것으로 오해하지만, 경험의 구체적 세목들과 특별한 관계를 맺지 않는 관념은 없다. 말의 바른 의미에서의 관념은 감각적 경험들을 질료로 삼는 가운데, 그 경험이 축적되는 과정에서 거쳐야 할 어떤 자기검증의 단계까지도 내포하고 있기 마련이다. 이를테면 '자유'라는 단어의 보편적 쓰임새를 진정으로 드러내주는 순간은 우리가 자유의 보편성이 통용되지 않는 정치적 현실과 직접적으로 대면하는 순간이다. 그때 관념은 그 자신이 지니고 있는 언어적 한계를 노출하는 동시에 불완전한 현실이 앞으로 나아가야 할 방향을 개시하는 일종의 실천적 지표가 되기에 이른다. 자기검증을 수행하는 한 단계로서의 관념은 삶에 대한 전망과 구체적인 진단을 이어붙이는 과정에서 발생하는 보편과 특수 사이의 간극에 주목하게 만들고, 그 간극 속에서 현실을 종합적으로 바라볼 수 있게 하는 어떤 전체적 시선을 우리에게 제공하는 것이다.

관념이 벌이는 역사적 모험에 대해 새삼 짚어본 것은 박희수의 첫 시집 『물고기들의 기적』으로 들어서기 위한 관문 하나를 열기 위해서이다. 『물고기들의 기적』은 여러모로 관념적인 인상을 주는 시집이지만, 시인이 순결하고 투명한 관념적 세계로 비약하기 위해 자신의 경험과 감각을 희생한다고 말하는 것은 섣부른 편견에 지나지 않을 것이다. 오히려 이 시집을 통해 시인은 절대적인 관념의 지배를 승인하면서도, 그 통치의 속박에서 벗어날 수 있는 경험적 계기들을 구제하기 위한 밑작업들을 실천하고 있다고 보아야 하기 때문이다.

우선 그 실천의 계기를 제공하는 장면들을 살펴보기 위한 일환으로 이 시집의 입구에 해당하는 「죽음의 집 1」에서 시작해보자. 이 시는 시집 전체를 관통하는 문제의식의 경험적 근원을 구체적으로 담고 있는 다소 예외적인 시로서 각별히 읽힐 필요가 있다.

철호(轍浩)는 어릴 적 내 친구였고 중학교 2학년 때 차에 치여 죽었다. 고등학교를 거쳐 대학교, 대학교에 가도 삶은 달라지지 않았다. 유달리 꽃이 많이 지던 그해 가을 바닥에 뒹구는 폐지에 냉소를 보내자 폐지도 내게 냉소를 환하게 기울였다. 바늘땀이 아무 데로나 걸어가는 그해, 가을, 시도 때도 없이 땀을 흘렸다. 바닥, 움켜쥠, 환한 양버즘나무의 얼굴. 검열받는 나날은 자기 자신이 아닌 것들에게만 충실한 시간, 그날밤 학교의 연못을 내려다보며 검은 기름을 생각했다. 그때 철호를 만났다. 우리는 처음엔 어색한 얼굴로 서로를 바라봤지만, 곧 웃으며 포옹했다. 바닥, 움켜쥐고, 병든 양버즘나무의 얼굴. 철호는 내가 많이 변했지만 아무것도 변하지 않았다고 말해주었다. 철호는 내가 가야 할 곳이 있다고 말했다.

어린 시절 가까운 친구의 죽음이 구체적으로 어떤 파장을 일으켰는지에 대해 위 시는 상세히 밝히고 있지는 않다. 다만, 중고등학교를 졸업하고 대학에 입학해서도 삶이 달라지지 않았다는 시인의 고백을 통해, 시인의 삶이 친구의 죽음으로부터 한치도 벗어나지 못했음을 짐작해볼 수는 있을 것이다. 요컨대, 시인의 "검열받는 나날"은 곧 죽음에 의해 검열받는 삶을 의미한다. 단순히 상실로 인한 슬픔 속에서 헤어나올 수 없었다는 뜻이 아니다. 시인이 받는 검열은 보다 근본적인 차원에서 이루어지는 일이다. 이를테면, 친구의 죽음 이후 '나'는 삶의 의미에 대한 믿음을 더이상 유지할 수 없게 되는데, 삶에 대한 믿음 대신 남게 되는 것은 생의 의미에 대한 근본적인 회의이다. "바닥에 뒹구는 폐지에" 보내는 시인의 "냉소"가 나 자신에게 되돌아온다는 것은, 결국 시인이 겪은 죽음 이후 외부를 향해 던지는 모든 반응들이 일종의 자기검열 형식으로 나를 향할 수밖에 없다는 말에 다름 아니다.

그러나 그 검열이 시인에게 허무주의적 절망만을 안기는 것 같지는 않다. 죽음에 의해 검열받는 삶이 "자기 자신이 아닌 것들에게만 충실한 시간"일 수 있다고 말하며, 시인이 일종의 여지를 남기고 있기 때문이다. 이 표현은 어딘가 미묘한 데가 있다. 단순히 자기 자신에게 더이상 충실할 수 없게 되었다는 부정문의 형식으로 말하지도 않고, 자기 바깥의 세계에 대한 열정적인 관심을 긍정문의 형식으로 드러내지도 않기 때문이다. "자기 자신이 아닌 것들에게만 충실"하다는 문장은 말하자면, 어떤 이중의 부정 속에서 겨우 지속될 수 있는, 삶에 대한 특정한 태도와 의지를 가리킨다. 그 태도와 의지를 어떻게 설명할 수 있을까. 우선 그 의지의 방향성을 일러주는 것, 즉 "내가 가야 할 곳이 있다고 말"해주는 것은 역시나 철호, 즉 죽음이다. 다음은 죽은 철호와 나누는 대화 장면이다.

　　많이 아팠겠구나
　　이곳은 지독하게 더워
　　하지만 말이 없어, 흑백화(黑白畵) 속처럼
　　사람들은 검거나 흰 얼굴을 지녔고
　　네가 누구인지 자꾸 궁금하게 했지
　　자꾸, 자꾸
　　적어도 내가 누구였을 수는 있겠지만
　　누구일 수는 없지
　　이곳을 열어젖힌 그 순간부터는

　　이게 끝이야

　　내가 더이상 "누구일 수는 없"다는 뼈아픈 고백은 타인
의 죽음에 의해 검열받는 현재의 삶이 도달하게 되는 일종
의 무력한 자기인식을 가리킨다. "적어도 내가 누구였을 수
는 있겠지만", 다시 말해 과거형의 시제를 통해 나 자신에
대한 서술은 잠정적으로 가능하겠지만 스스로의 삶에 대한
본질적 규정은 영원히 불가능하다는 것을 나는 시인하고
있는 것이다. 죽음 앞에 선 시인이 직면하게 된 언어적 한
계 체험이 이 고백을 통해 암시되는 셈이다. 박희수가 "소

멸(消滅)이라는 단어가 지닌 흰 어감"에 주목하면서도 "모른다는 건 모르는 기억의 모퉁이들이 지워지는 일들"이라고 끝내 고백하는 것 역시, 그 어떤 언어적 표현을 통해서도 자기가 직면한 부재의 사태를 감당할 수 없다는 사실을 예민하게 체험하고 있기 때문이다. 애도를 통해 죽음을 언어화하는 대신에 시인은 죽음을 자신의 삶과 언어를 구속하는 거대한 검열적 기제로 받아들이기에 이른 것이다. "운(韻)을 맞춰볼까. 먼저 말한 건 철호였다. 좋아. 철호가 여름,으로 시작하자 나는 거름,을 말했다. (…) 철호가 죽음, 내가 묵음(默音)──그 순간 입이 딱 달라붙어 열리지 않았다."

그런 맥락에서, 인간은 죽음을 향한 존재라는 하이데거의 통찰은 역설적이게도 인간의 근본적인 무지, 즉 언어를 통한 경험의 한계를 더욱 극명하게 일깨우는 말이기도 하다. 박희수가 첫 시의 제사(題詞)로 인용한 호메로스와 헤라클레이토스의 문장들이(이 문장들은 이 시집 전체를 위한 제사라고 할 수도 있다) 암시하는 바도 바로 그것이다. 인간은 죽음으로 귀결될 수밖에 없는 삶을 이어나가고 있다는 점에서 필연적으로 비극적인 존재이지만, 죽음의 확실성 속에서 그 확실성의 의미를 끝내 알아낼 수 없다는 점에서 한층 비극적인 존재라는 것이다. 이러한 인간의 근본적인 유한성으로 인해 시인은 비록 죽음이 가리키는 삶의 방향("철호는 내가 가야 할 곳이 있다고 말했다")이 분명 있다고 확신하면서도 그 죽음이 가리키는 방향이 정확히 무엇인지를 끝내 발설하지 못한다. 그럼에도 시인은 죽음이 쳐놓은 검열의 그물에서 좀처럼 벗어날 기미를 보이지 않는다.

바다의 푸른 혀가 백사장을 핥고 달아나는 것을 보면서 내가 지금 어디를 향해 저렇게 입을 벌리고 있을까, 죽은 그들의 벌어진 입을 생각했다. 눈먼 갈매기들이 하늘에다 모래를 파내며 손가락으로 글씨를 썼다.

저 허공의 글씨는 일종의 읽을 수 없는 유서에 다름 아니다. 시인은 "내가 지금 어디를 향해 저렇게 입을 벌리고 있을까"라며 자신의 언어가 향하고 있는 바를 끊임없이 묻지만, 그 물음을 촉발하는 것은 아이러니하게도 "죽은 그들의 벌어진 입", 즉 더이상 들리지 않는 죽은 자들의 말인 셈이다. 인용한 대목은 박희수의 시쓰기가 근본적으로 직면하고 있는 상황을 압축적으로 대변해주는 장면이라고 해도 과언이 아닐 것이다.

편의상 첫 시를 대상으로 살펴보았으나, 시집 전체를 읽어나가다보면 이처럼 죽음에 의해 촉발된 일련의 자기검열에 시인이 다소 강박적으로 집착하고 있다는 사실을 도처에서 확인할 수 있다. 시인이 의식하지 못하는 삶의 모든 국면들 곳곳에 죽음에 대한 불안이 침투하고 있기 때문이다. 그러한 맥락에서 박희수의 시가 꿈에 대해 말하는 순간도 그 검열의 힘을 자의식적으로 다시 확인하는 순간에 지나지 않는다. 시인이 꿈속에서 자주 죽음으로 귀결될 수밖에 없는 전투를 앞두고 있거나(「오프닝」), "꿈을 적어놓고 군홧발로 밟으며" 자기 자신을 "조금씩/괴롭히"(「삼면화(三面畵)」)는 모습을 보여주는 것도 그 때문이다. 박희수의 시에서 '꿈'은 초현실주의자들이 기도했던 것처럼 현실의 인력을 약화시킴으로써 어떤 새로운 자유의 활로를 개척하기 위한 방법적 도취의 순간을 가리키지 않는다. 오히려 그것은 죽은 자에 대한 기억과 다시 마주하는 자리이자, 마침내 소멸하게 될 자신의 미래를 앞당겨 감당하는 공간이다. 그야말로 죽음은 곳곳에서, 시인의 현세를 구속하는 비극적 세계관의 핵심을 구성하고 있는 것이다.

물속을 흘러가는 물고기의 호흡
수많은 전생들이 뒤섞이는 물결 속에서
내가 한때 한떨기 나무였고 새였고
노래 부르지 못하는 물의 종족이었다는
아주 오래전에 죽은 누군가의 생각
———「강변북로」 부분

사람들은 우리가

죄를 지었다고 말했다

강에 가서 씻으라고 말했다

공장이 있고 폐수가 흐르는

강에 가서 씻으라고 말했다

그들의 말대로

물에 들어갔다 나온 뒤

세상은 붉고 보랏빛인 꽃들로 가득했고

건드리는 모든 것이

진득한 단물을 뿜어내기 시작했다

—「사령가」부분

이 시집에서 가장 빈번하게 등장하는 '강'은 비참한 일상
으로 더럽혀질 수밖에 없는 세속의 숙명을 상징하는 공간
이다. 현재가 구성되는 과정에서 역사적으로 끊임없이 이
어져온 죽음들이야말로 인간의 삶이 근본적으로 폭력의 죄
업 위에 세워져 있다는 것을 증명하고, 또 앞으로도 그러한
계보가 계속될 것임을 예고하는 흔적이다. 속죄를 위해서
는 결국 "공장이 있고 폐수가 흐르는/강에 가서 씻"어야 한
다는 시인의 말은 그러한 저주받은 보편사의 섭리에서 벗
어날 수 없는 존재가 바로 우리 자신이라는 비극적 세계관

을 더욱 극명하게 부각시킨다.

이러한 비극적 인식은 "다섯편의 노래와 한편의 의례"로 구성된 매력적인 시 「검은 낚시꾼」에서도 분명하게 확인할 수 있다. "강에 가서 죽는 자"를 둘러싼 다양한 운명의 행로에 대해 읊고 있는 이 시는 그 자체로 죽음으로 귀결될 수밖에 없는 인간사의 숙명을 축약해놓은 다채로운 형식의 비극적 변주곡이다. 시인은 이를 "백수광부의 노래" "우(禹)의 노래" "굴원의 노래"라는 동양문화사의 상징적 표상들을 통해 노래한다. 요컨대, "백수광부"는 인간의 심연에 잠재된 광기와 죽음 충동을, 홍수를 다스렸던 "우(禹)" 임금은 그러한 원시적 죽음 충동을 관리하는 문명론적 태도를, 그리고 "세속을 혐오"한 나머지 강에 투신한 춘추전국시대 "굴원"은 죽음을 통해 문명에서 벗어나려는 탈속적 태도를 각각 가리킨다. 세 노래가 세속사를 형성하는 역사적 세 단계(원시-문명-반문명)에 각각 대응될 수 있다면, 여기에 겹쳐 있는 "K형"과의 일화는 결국 죽음 충동에 거역하지만 끝내 죽음으로 귀결될 수밖에 없는 우리들의 미시적인 삶의 불안한 본모습에 대해, 다시 말해 저 역사적 세 단계가 한데 응축되어 있는 것이 우리 삶의 본질임을 보여준다.

요컨대, 죽음은 박희수에게 있어 문명사와 자연사를 매개하고, 그 둘을 서로 겹쳐볼 수 있게 만드는 가장 중요한 절대적인 관념인 셈이다. 죽음을 통해, 박희수는 자연사를 노래하듯이 문명사를 노래하고, 문명사를 읽듯이 자연사를 관조하며 인간사의 전체적인 윤곽을 가늠하고자 한다. 그런데 그것이 전부일까? 그렇지는 않은 것 같다.

공장의 피스톤처럼 여기 왔다
무너지는 벽돌 쓰러지는 연통 넘어
무반주 피스톤처럼 여기에 왔다
쿵, 쾅, 쿵, 쾅
어쩌리, 악보는 새까맣고
새까만 악보는 탄가루로 가득한데
공장의 피스톤처럼 여기에 온다
청신경에 도는 유압

때늦은 도입

슬프네 나는 전체성을
전체성을 얻을 수 없네

바라본 꽃 다 가루 되고
물결은 깨져 가라앉는

그 전체성을 내가
전체성을 얻을 수가 없네

──「전체성」 부분

　여기서도 '나'는 "탄가루로 가득한" 이 세계에 마치 "공
장의 피스톤처럼" 무의미하게 내던져져 있다. 세상의 재생
산을 항구적으로 도모하는 공장의 움직임 속에서 시인 역
시 "청신경에 도는 유압"을 느끼며 고통을 받는 중이다. 하
지만 시인이 겪는 진정한 고통은 세계의 거대한 운명에서
만 기원하는 것은 아니다("슬프네 나는 전체성을/전체성을
얻을 수 없네"). 그가 말하는 "그 전체성"은 "바라본 꽃 다
가루 되고/물결은 깨져 가라앉는" 상태, 다시 말해 역사가
전체적인 운명 속에서 완전히 소멸하는, 또다른 의미에서
의 절대적인 관념의 단계이다. 이른바 필멸은 우리의 숙명
이지만, 절대적 소멸이라는 종말 역시 우리의 마지막 종착
지라고 할 수는 없다는 것이 시인의 깨달음이다. 인간은 죽
음에 의해 인도되는 삶을 살지만 죽음이 그 삶의 의식적 목
표가 될 수는 없는 것처럼, "전체성을 얻을 수 없네"라는 시
인의 탄식에는 단순한 절망을 상회하는 다른 기운이 느껴
지기도 한다.
　요컨대, 전체성에 대한 인식의 불가지성은 인간의 숙명
론적 한계이지만, 동시에 그것은 인간의 삶을 구성하는 또

다른 조건이 될 수 있다는 것이다. 박희수의 시가 '죽음'이
라는 절대적 관념에 의해 검열받는 삶을 노래하고 있다는
우리의 해석이 애초에 담고 있는 의도도 여기에서 멀지 않
을 것이다. 죽음에 의해 검열받는 삶이란 사실상 그 검열을
능동적으로 수용하려는 주체의 숨은 의지를 담고 있는 것
이기 때문이다. 이 의지가 역사와 만날 때 비로소 이런 생
각이 가능해지는 것인지도 모른다.

> 죽은 사람들과 나는 살아가는 걸까
> 그런 생각은 감춰진 것이라서 은밀하다
> 내가 이미 죽은 다음에는
> 그런 생각은 다소 행복하기도 하다
>
> ─「나와 해바라기와 그네와 그림자」 부분

"죽은 사람들과 나는 살아가는 걸까"라는 말과 그 생각
이 "감춰진 것"이라는 말은 넓은 의미에서 죽음의 의미를
이해하고 있지 못하는 '나'의 현재적 한계를 가리키는 것
처럼 보이지만, 그것이 "은밀하다"는 말에 또다른 뉘앙스
가 담겨 있는 것은 분명해 보인다. 그 다른 의미를 드러내
주는 것이 "내가 이미 죽은 다음"이라는 시간적 표지이다.
내 삶 안에서 나는 죽은 사람들과 공존하며 살아가지만, 나
의 죽음 역시 이후의 삶에 매개되는 과정에서 여전히 지속

166

될 수 있기 때문이다. 그런데 "그런 생각은 다소 행복하기도 하다". 흥미로운 것은 시인이 말하는 행복이 이 모든 숙명을 통찰한 시적 화자의 주관적 행복에 귀속될 수 없다는 사실이다. 이 의도적인 비문을 마치 나의 자리를 비워냄으로써, 아니 나의 죽음이라는 결여를 훗날의 결여와 연대시키는 과정에서 일종의 새로운 주관성을 개시할 수 있다는 뜻으로 이해할 수 없을까. 만약 그럴 수 있다면, 이것은 시인이 더이상 죽음에 대한 검열을 운명으로 승인하지 않는다는 것을 의미하며, 더 나아가 시인 스스로가 죽음이라는 관념적 사건을 삶을 제작하는 원리이자 역사적 실천의 매개로 삼고 있다는 것을 암시한다. 이른바 "이 몸이/저 몸으로 건너가는 법열의 순간"(「화륜(火輪)」), 즉 '나'라는 의식과 육체의 한계를 초월하여 새로운 주체로서의 '우리'에 대해 상상할 수 있는 순간도 바로 그러한 역사적 순간이다.

누가 우리에게 끝없이
달리라는 형벌을 주었는가 누가
우리에게 끝없이 달리라는 형벌을
누가 우리에게 끝없이 달리라고
우리가 마침내 끝날 때까지

(…)

달리기는 우리 안에서 듣는 음악이다
달려갈수록 우리는 달리기가 되고
달리기라는 끈이 달리는 우리들을 하나로
묶어준다
포개져 쌓인 장작들이
모닥불 속에서 하나로 타오르듯이

오 달리는 강물이여
너는 포말인가, 노도인가, 파도치는 흐름인가?

—「달리기」 부분

　"달리라는 형벌"은 목표를 잃고 삶을 이어나가야 하는 우리의 비극적 운명의 영속성을 가리키지만, 그러한 실존적 비극을 극복할 수 있는 가능성 또한 "달리기" 안에 내포되어 있다. 다시 말해, "달리기"는 "병과 함께 가는/사람들" (「삼면화」), 즉 '죽음에 이르는 병'에 동참하고 있는 인간이 벗어날 수 없는 자연사적 숙명이면서, 동시에 그 숙명이 새로운 차원의 역사적 연대로 탈바꿈되는 어떤 근본적인 움직임이다. 그 움직임 속에서 나는 스스로의 존재론적 한계를 극복하고 언어의 한계를 넘어, 죽음이라는 절대적 관념에 속박되지 않는 역사적 계기, "모닥불 속에서 하나로 타오르"는 역사의 주체를 예고한다.

    달려가세요
    달려가세요
    꽃이 깔깔거리고 웃는
    넝쿨 뒤얽힌 들판으로
    구름이 서로를 휘어감고
    태양빛이 화살처럼 퍼지는
    맑은 가을 하늘로

    달려가세요
    달려가세요
    4월의 서울처럼 *4월의 서울처럼*
    5월의 광주처럼
    달려가세요
    당신이 아니던 것들을
    이제 그만 당신에게서
    떨쳐버리고

    달려가세요
    달려가세요

미친 듯이, 제정신이 아닌 듯이
제정신이 아닌 듯이, 모든 제정신의
창살과 수갑을 뚫고
달려가세요

달려가세요
──「달리기」 부분

　"4월의 서울"과 "5월의 광주"라는 역사적 지명이 언급
되고 있는 것에서 알 수 있듯이, 위 시가 진정으로 노래하
는 것은 이러한 역사의 혁명적 모멘트를 개시하는 광기, 즉
"제정신의/창살과 수갑을 뚫고" 각자의 삶을 환희와 도취
속에서 '우리'라는 거대한 움직임으로 용해시키는 에너지
그 자체이다. 이 과정에서 죽음이 중요한 역할을 하는 것은
의미심장하다. 죽음은 곧 나를 타자화하는 일의 시초라서,
나로 하여금 개별적 운명에서 벗어나게 하는 원인이자 그
결과를 동시에 내포하고 있기 때문이다. 원인이자 결과인
이 죽음 속에서 개별적 삶의 결여들이 연대하고, 비로소 우
리라는 역사적 주체가 생성될 수 있는 것이다. 비록 우리가
달려가야 할 특정한 방향에 대해 시인이 직접적으로 말해
주는 바는 없지만, 그것이 세계의 전체를 밀고 나가는 시간
속에서만 세계의 변화가 비로소 가능한 것이다. 죽음이라

는 절대적 관념 속에서 역사가 창출되는 순간도 그때이며,
궁극적으로 시인이 기적을 바랄 수 있는 순간도 바로 그때
이다.

> 오세요 소란 속으로
> 터지는 물의 매혹 쪽으로
> 상처 입은 영광과
> 쓰러진 갈대들의 굳건함
> 망치가 내려치면 번개가 튀고
> 시든 구름들이 모조리 찢어지는 이
> 기적 같은 순간 속으로
> 다가오세요
>
> ──「기묘하게 힘찬 합창」 부분

> 머릿결을 풀어 헤치고
> 깨뜨린 것 없는 두 손으로
> 마치 바람처럼 나아갔다가 풀어지며
> 매듭 없는 실타래의 기적
> 가는 운명의 끝을 거칠게
> 끊어봅시다
> 폭풍 속의 버드나무처럼
>
> ──「들뜬 꽃의 희생」 부분

박희수 시집이 전제로 삼는 비극적 세계관 속에서 우리가 발견할 수 있는 것이 이러한 이례적이고 우연적인 어떤 희망의 실마리이다. "물속에서 물 밖으로 불어나가는 바람"(「물 밖에서 물속으로 비쳐드는 햇살」)에 대해 말할 때, 사실상 시인이 주목하는 것은 인간사 전체의 유한성을 극복하는 어떤 초월적 계기로서의 "기적"이다. 다만, 그가 말하는 초월적 기적은 세계 바깥으로 나아가는 어떤 탈속적인 행위와 관련 있는 것이 아니라, 세계 안에서 세계 전체를 움직이게 하는 다른 힘, 즉 "운명의 끝을 거칠게/끊어"내는 어떤 예외적인 상황으로서의 "소란"과 관련 있다. 이른바 시인의 기적은, 자연사로서의 죽음으로부터 역사를 분리하는 것, 즉 내부에서 내부의 다른 길을 열어놓는 내재적 초월을 가리킨다.

　그런 의미에서 박희수의 '강'은 인간사의 영속적인 흐름을 표현한다는 점에서 초월적인 상징체에 가깝지만, 다른 한편으로는 그러한 운명론적 섭리에 좌우될 수 없는 다른 흐름을 담아내고 있다는 점에서 역사적 알레고리의 장소이기도 하다. 역사의 물줄기를 새롭게 형성하게 만드는 세속적 기적의 가능성이 이미 그 강의 흐름 속에 있기 때문이다.

그늘 아래
우리는 나무 밑에 앉아
흐르는 개울물을 바라본다
물속에 떠오는 검은 씨들
들여다보면 지느러미가 있다

어디서 그것들이 왔을까

—나무에서 온 걸까?

—나무?

—나무에서 씨앗이 떨어져 자란 게 아닐까?

—씨앗에서 물고기가 돼?

그때는 물결이 빛났던 걸까
흘러가는 대기가 맑고

(…)

철로는 산으로 파고든다

햇살이 쏟아지는 버드나무 잎사귀
바람은 투명한 손을 내밀어 나무의 앞섶을 어루만진다
나무는 몸을 열며 상처를 드러내고
거기에는 새로 차오르는 물과 움직이는 맥박이 있다

여름이 지나 잎사귀들은 물 위에 띄운 배 같으리,
흐르는 여울을 따라 낮은 곳으로 흘러갈 것이니
숨 쉬는 바다를 만나 푸른 살 속에 파묻혀
열매보다 더 깊게 심연으로 뻗어가리라
　　　　　　　　　　　　　—「물고기들의 기적」부분

　한마디 덧붙이자면, 현대시의 역사가 근거하고 있는 토
대 역시 저 여울의 흐름이 마침내 도달하게 될 결여로서의
심연(Abgrund)과 무관하지 않을 것이다. 운명의 앞길에 대
해 예언하는 데 시가 더이상 초월적인 기능을 수행하지 못
하게 된 이유는 그 말의 권능을 보증하는 토대(Grund)로서
의 신이 부재하기(ab) 때문이다. 하지만 역설적이게도, 현
대시가 단순히 세계의 모방이나 정서의 직접적 표출에 그
치지 않게 된 예술사적 계기도 저 토대 없는 심연이 열어놓
은 역사적 모험의 가능성에서 얻어지는 것이다. 말라르메
의 지적처럼, 시는 자신의 언어를 보증할 수 없는 저 결여
의 운명을 감지하는 가운데, 그 결여를 검증하고 대체하는

174

역사적 갱신의 흐름 속에서 스스로의 운명을 극복하기에 이른다. 죽음이자 소멸이며 허무(rien)인 절대적인 관념으로서의 심연은 그 명명불가능성으로 인해 시의 "새로 차오르는 물과 움직이는 맥박"을 역사적으로 예비할 수 있게 만드는 모험의 원천이 되기도 한다. 죽음이라는 절대적인 관념에 비추어 새로운 역사의 물줄기를 창출하려는 박희수의 시 역시 이러한 현대시의 역사에 동참하고 있다고 해도 과언은 아닐 것이다. 우리가 이 시집의 마지막 시를 다시 시인에게 되돌려주려는 이유도 거기에 있다.

그대는 무엇을 느끼는가

그대는 무엇을 입는가

그대는 무엇을 느끼는가

그대는 무엇을 지우는가

그대는 어디 있는가

꽃이 사라지고
아이들 소리가

이미 들리지 않는 골목에서

그대는 어디로 가는가

—「물결을 흔들며 2」 부분

"그대는 어디로 가는가". 시집의 처음부터 반복되었던 이 질문은 시인이 우리에게 던지는 물음이기도 하지만, 거꾸로 시인 스스로가 실천적으로 감당해야 하는 물음이기도 하다. 죽음이라는 절대적 관념의 검열 속에서 개진되는 시적 모험은 언제나 또다른 모험에 의해 대체되면서 저 자신의 역사를 구체적인 몸으로 증명해야 하기 때문이다. 사족처럼 덧붙이거니와, 이 시집에 묶이지 않은 그의 다른 시들이 그 구체성을 또다른 결여의 형식 속에서 증명해줄 것이라 믿는다. "그대는 어디로 가는가". 과연 이 시인이 앞으로 어디를 향해 갈 것인지, 그것이 궁금하다.

康棟晧 | 문학평론가

시집을 묶기까지 오랜 시간이 걸렸다. 그만큼 망설이고
자신 없어 했던 것 같다. 이제 그 일에서 벗어나게 되어 홀
가분하면서도 두렵다. 시집의 제목은 Milton Nascimento
의 「Milagre Dos Peixes」에서 가져왔다. 나는 죽은 물결에서
은빛 물고기가 뛰어오르는 것을 보았다. 멀리 갑문 너머로
칼처럼 날카로운 선수(船首)가 들어오고 있었다.

2016년 3월
박희수

창비시선 395

물고기들의 기적

초판 1쇄 발행 / 2016년 3월 11일

지은이 / 박희수
펴낸이 / 강일우
책임편집 / 박지영
조판 / 황숙화
펴낸곳 / (주)창비
등록 / 1986년 8월 5일 제85호
주소 / 10881 경기도 파주시 회동길 184
전화 / 031-955-3333
팩시밀리 / 영업 031-955-3399 편집 031-955-3400
홈페이지 / www.changbi.com
전자우편 / lit@changbi.com

ⓒ 박희수 2016
ISBN 978-89-364-2395-7 03810

* 이 책은 서울문화재단의 2013년도 문학창작집 발간지원사업의
  지원을 받아 발간되었습니다.
* 이 책 내용의 전부 또는 일부를 재사용하려면
  반드시 저작권자와 창비 양측의 동의를 받아야 합니다.
* 책값은 뒤표지에 표시되어 있습니다.